KLIMA

VERÄNDERUNG

SURVIVAL –
ROMAN

von

JOHANNES ALLGÄUER

Impressum:

Herstellung und Verlag: Books on Demand GmbH,
Norderstedt, ISBN Nr: 978-3-7481-5077-0

VORWORT:

Zu diesem Buch wurde ich von der geistigen Welt liebevoll geführt und hatte genau 7 Tage Zeit, es zu schreiben!

Das ganze Projekt wurde geistig unterstützt und ich bin mir gar nicht mehr sicher, was jetzt von mir stammt und was geistige Eingebungen waren, da der Übergang ständig fließend war.

Die „Freunde des natürlichen Lebens" sind die Hauptakteure dieses spirituellen Survival Romans sowie Pan, Zwerge, Nixen, Wichtel und unsere geliebte Erde natürlich...

Was Wahrheit und was Fiktion ist, überlasse ich dem geneigten Leser selber herauszufinden...

Wisset, dass eure Teilnahme an der ERDHEILUNG viel von dem Geschehen abhalten kann...

Viel Freude beim Lesen,

Euer Johannes

INHALTSVERZEICHNIS:

„FREUNDE DES NATüRLICHEN LEBENS":

Johannes freute sich schon den ganzen Tag!

Das Jahr 2018 war bisher sehr turbulent gewesen.

Heute, am 22. Oktober 2018 war es immer noch überraschend warm für die Jahreszeit und es hatte im Allgäu immer noch angenehme 18 Grad Außentemperatur.

Nicht, dass es etwas Besonderes wäre. Es hatte schon oft im Oktober viele Sonnenstunden gehabt, aber dieses Mal war es anders…

Er hat so ein untrügliches Gefühl, dass etwas nicht stimmte…

Vor zwei Jahren hatten sie einen Freundeskreis gegründet, der sich mit spirituellen, ökologischen und gesundheitlichen Aspekten beschäftigte und spontan „Freunde des natürlichen Lebens" genannt wurde.

Alles begann mit einer Musik Session. Silvie hatte ihre Gitarre dabei und man setzte sich abends noch im Garten am Lagerfeuer zusammen und spielte spontan Lieder, bei denen man mitsingen konnte. Volkslieder, spirituelle Gospels und vieles mehr wurde dabei liebevoll gespielt und gesungen und zur Freude der Anwesenden gesellten sich viele neugierige Naturwesen zu ihnen, die schauten, was denn da los sei.

Außer Johannes konnten noch drei weitere Anwesende sie wahrnehmen und so folgte dann ein Meinungsaustausch, der zur Bildung der Gruppe führte.

Ein mittelgroßer Zwerg von etwa 75 cm Größe trat als erster an die Gruppe heran und fragte neugierig:

„Wieso könnt ihr uns denn sehen? Die meisten Menschen nehmen uns doch gar nicht wahr?"

Silvie legte ihre Gitarre zur Seite und lächelte den lustigen Burschen an, denn mit seinem Outfit fiel er wahrlich auf. Er trug ein grünes Wams und eine orangefarbene Hose, eine rote Zipfelmütze und gelbe Schuhe, die ihm viel zu groß waren.

„Einige der Menschen, die Gutes für unsere geliebte Erde und ihre Lebensformen tun, werden immer feinfühliger und so kann auch ein Kontakt zu euch Naturwesen zustande kommen, verstehst du lieber Zwerg?"

Der Zwerg verneigte sich und zog zum Gruß seine rote Mütze vom Kopf. Es trat ein kurzgeschorener, struppiger Haarschopf zutage, der erdfarben war, genauso wie sein spärlicher Bartwuchs. Seine lustigen Augen funkelten, als er wieder in die Gruppe sah und dann sagte er:

„Mein Name ist Helmbert und ich bin, wie ihr es ja seht ein Zwerg."

Dabei stellte er sich auf die Zehen, damit er größer wirkte.

„Grüß dich, Helmbert," sagte Johannes ganz spontan und auch die anderen der Gruppe winkten in seine Richtung.

Helmbert zuckte plötzlich zusammen! Hinter Johannes tauchten wie aus dem Nichts zwei weitere Zwerge und ein Wichtelmann auf.

„Darf ich vorstellen?"

Johannes grinste über beide Wangen.

„Das sind unsere Mitbewohner."

Dabei zeigte er auf die drei Naturwesen.

„Bertelbart, Adalbert und der Wichtelmann Hutzlibub."

„Potzblitz!" entfuhr es dem Zwerg.

„Na da ist es ja kein Wunder, dass ihr uns sehen könnt."

Hutzlibub, der kleine, überaus forsche und redselige Wichtel übernahm sofort das Wort:

„Hock dich zu uns, Freund. Willkommen im Kreise der Freunde des natürlichen Lebens."

Johannes horchte auf!

„Wow!" sagte er.

„Das ist es! Der Name ist super!"

Seit diesem Tage nannten sie sich „Freunde des natürlichen Lebens".

Viel war seitdem passiert!

Johannes und Flora waren die beiden, die am meisten Kontakt mit den Naturwesen hatten, da sie bei ihnen wohnten. Aber auch viele andere Bekannte und Freunde lernten von da an, den immer innigeren Kontakt zu unserer geliebten Erde und den Naturwesen herzustellen. Dabei wurden sie liebevoll von ihren Schutzengeln und Beraterengeln begleitet.

Das Allerwichtigste aber war das absolute Vertrauen in den lieben Gott, den alle hier nur VATER nannten.

Gottvater und seine Helferengel wirkten auf unterschiedlichste Weise bei jedem der Gruppe.

Visionen, Eingebungen und spontane Dinge passierten immer häufiger und auch Vorahnungen wurden immer stärker gespürt.

Heute war wieder so ein Tag!

Der 22. Oktober des Jahres 2018.

Plötzlich schlug sich Johannes mit dem Handrücken vor die Stirn!

Natürlich! Das er da nicht eher draufgekommen war!

Den Frühling und den ganzen Sommer lang war es unnatürlich warm und im Sommer sogar heiß gewesen. Besonders der Norden und der Osten hatten kaum Regen abbekommen. Der Süden bekam im Verhältnis dazu relativ viel Regen ab, so dass es nur in wenigen Gegenden zu Ernteausfällen kam. Johannes hatte natürlich mitgeholfen, dass das kühle Nass auch herniederkam, denn er hatte mehrere Orgonstrahler gen Himmel ausgerichtet und einen großen Chembuster im Garten verankert. Es regnete oft nachts. Damit das Regenwasser aber nicht verloren ging, hatte er mehrere 300 Liter Regentonnen aufgestellt und schwarze 90 Liter Mörtelwannen, in die das Regenwasser von der selbstgebauten Überdachung hineinfließen konnte. Somit war das Gießen der Pflanzen und des Hochbeetes, welches Johannes in Rekordzeit aus sechs älteren Europaletten gebaut hatte, gesichert.

Im Internet hatte er verschiedene Verschwörungstheorien gelesen.

Ob es wirklich nur an Haarp und den Chemtrails lag, wie es dort vermutet wurde. Nun hier bei ihnen waren kaum Chemtrails zu sehen. Das lag aber wohl auch am großen Chembuster vermutete Johannes.

Johannes hatte eine Idee und ging zu seinem Computer und schaute sich den Wetterbericht für ganz Deutschland an. Da er die Internetseite kannte, auf der ein Radarbild von ganz Deutschland zu sehen war und welches sich alle 15 Minuten aktualisierte, sah er dem, was auf ihn zukam, mit gemischten Gefühlen entgegen.

Das Radarbild verhieß nichts Gutes! Ein Tief, das von den britischen Inseln herüberkam sollte kältere, zum Teil polare Kaltluft und auch Schneefall bringen. Somit ist der Rekordsommer von 2018 wohl vorbei, dachte er.

Während er so vor dem Monitor saß und auf die Tasten schaute, empfing er eine Stimme in seinem Inneren.

„Grüß Gott, lieber Sohn," sagte da sein Hauptschutzengel zu ihm. Sie war weiblichen Geschlechts und er nannte sie liebevoll Theres.

Sie teilte ihm mit, dass die andere, dunkle Seite fleißig am Manipulieren des Klimas war und nur die Gebete der gottgläubigen, treuen Menschen, die dieses unermüdlich voller Freude tun, ihnen da eine Art Paroli bieten würden. Die andere Seite plane, das Wetter so zu verändern, wie es in den Prophezeiungen stehen würde, damit sie einen großen Krieg vom Zaun brechen könnten – denn: Eine Prophezeiung muss sich schließlich erfüllen....

Johannes war wie elektrisiert!

Theres sagte noch, dass es jetzt wirklich wichtig sei, etwas in die Wege zu leiten und die Hilfe der Engel und der Naturwesen von Nöten. Ferner sollte sich die Gruppe „Freunde des natürlichen Lebens" möglichst bald treffen.

Johannes meinte dann, wenn das Wetter sich verschlechtern würde, kaum jemand zu ihnen in den Großraum Allgäu kommen würden, da sie verstreut in ganz Deutschland wohnten.

Er erhielt die Botschaft via Gedankenübertragung, dass er trotzdem via E-Mail oder Telefon Kontakt aufnehmen sollte.

Johannes bedankte sich und erzählte alles sofort seiner Frau Flora.

Zuerst mailte er alle an, von denen er eine Mail-Adresse hatte und wo er wusste, dass er auch schnell Antwort bekommen würde. Die restlichen Freunde wollte er dann telefonisch anrufen.

Der Countdown begann...

PAN HILFT MIT:

Voller Freude war es Johannes und Flora gelungen, alle ihre Freunde zu erreichen. Die meisten über das Festnetz, nur wenige über das Handy. Alle wussten um die Gefährlichkeit des Handy Telefonierens und man nutzte es nur im Notfall.

Johannes und Flora hatten aus Überzeugung keines und auch einige ihrer Freunde verzichteten bewusst darauf.

Heute war es noch recht mild, aber in den nächsten Tagen sollte es sich empfindlich abkühlen.

Das war an sich keine ernste Situation, aber die Botschaft von Theres war eindeutig.

Johannes und Flora hatten nur das Wichtigste erzählt und alle bekamen jetzt folgende email, die Johannes mit Hilfe seiner Engel wie folgt aufsetzte:

„Ihr Lieben! Gehabt euch wohl!

Es ist eine Ausnahmesituation eingetreten! Die andere Seite versucht mit allen Mitteln einen großen Krieg über Wettermanipulierung und durch gezielte Umvolkung zu provozieren. Wir sollten uns über das Gedächtnis der Erde und die innigen Gebete verbinden und etwas tun. Es tritt Plan E in Kraft. Herzliche Umarmung, Flora und Johannes."

Dann schickte er die Mail an alle Freunde. Plan E war vor langer Zeit Ende 2014 von der geistigen Welt als eine von drei Szenarien empfohlen worden, falls eine Katastrophe sich anzubahnen schien.

Dieser Plan E (wie Erdrettung) sagte folgendes:

Nur mit der absoluten Liebe und dem Vertrauen in unseren Schöpfer, den wir liebevoll VATER nennen, ist es noch möglich, solche Extremsituationen wie einen großen Krieg abzuwehren. Die Helferengel in einer Menge von einigen Millionen stehen bereit, um hilfreich mitzuhelfen. Ebenso die Naturwesen unter der Führung von Pan.

Johannes hatte Pan in den 90er Jahren des letzten Jahrhunderts kennengelernt, als er Blumen das Leben rettete, die in einem Geschäft am verdursten waren. Daraufhin kontaktierte Pan den zuerst verblüfften Johannes und es entstand eine Freundschaft daraus.

Das ungewöhnlichste aber war, dass Pan und viele der Naturwesen auch symbolisch zu den „Freunden des natürlichen Lebens" gehörten und es so quasi der erste Freundeskreis war, der nicht nur Menschen, sondern auch Naturwesen als Helfer hatte.

Pans Aufgabe bei Plan E war wie folgt vorgesehen: Er kontaktierte weltweit alle Naturwesen und sie sollten an strategisch wichtigen Punkten mithelfen, negative Dinge abzuhalten. Eine große Aufgabe kam hierbei den Nixen und Undinen zuteil. Sie lebten ja im Wasser und ihre Aufgabe war es, das Wasser in der optimalen Temperatur zu halten, was wahrlich kein leichtes Unterfangen war.

Johannes hatte bei einem Survival Urlaub in Südschweden Nixen kennengelernt und mit ihnen Freundschaft geschlossen. Seit dieser Zeit ist es ihm ein Leichtes, mit ihnen telepathisch zu kommunizieren.

Pan verband sich auch mit den Sylphen, also den Luftengeln, die normalerweise mithelfen, Chemtrails aufzulösen und für ein normales Klima zu sorgen. Auch die Sylphen hatten jetzt immens Arbeit. Die schwierigste Aufgabe aber war es für Pan, Neptun, den „Meeresgott" aus der griechischen Mythologie derart positiv zu stimmen, um ihn zur Mithilfe zu bewegen. Alle sogenannten „Götter" des Altertums, ob bei den Germanen, die die nordischen „Götter" wie Odin oder Thor verehrten, als auch die griechischen waren absolut real und ein Zeus oder eine Athene gab es sehr wohl.

Pan dachte darüber nach, wie er denn Neptun oder Poseidon, wie er auch genannt wurde, dazu überreden könnte, mitzuhelfen.

Er konzentrierte sich auf ihn und rief ihn mental:

„Gott zum Gruß, Poseidon. Hier spricht Pan. Bitte melde dich. Es ist etwas Wichtiges geschehen!"

Pan brauchte nicht lange warten, da vernahm er die Stimme des Meeresbewohners in seinem Kopf.

Die Stimme war sehr kräftig und hallte etwas nach.

„Grüß dich, lieber Pan. Lange nichts mehr von dir gehört. Was für ein Anliegen hast du denn?"

Pan lächelte. Die Verbindung war aufgebaut.

„Es ist etwas Schreckliches im Anzug. Die andere Seite möchte einen großen Krieg mit List und Trickserei beginnen und hat angefangen Europa mit Millionen von Menschen – überwiegend aus Afrika – zu fluten. Es soll eine Umvolkung hier stattfinden. Man versucht den Europäern hier ihre Denk- Lebens- und Handelsweise aufzuoktroyieren. Dadurch soll ein Bürgerkrieg zuerst angezettelt werden, der dann in einen dritten großen Krieg münden soll!"

„Das ist mir sehr wohl bekannt, lieber Pan. Wie sollte ich dir da helfen können?"

Pan räusperte sich.

„Ist es wahr, dass du aus höchster Stelle, vom VATER persönlich, Verbot hast einzugreifen?"

„Nun, so ist es in etwa. Erzengel Michael griff beim letzten Male ein, als Athene wieder Unfug machte und auch wir anderen „Götter" dürfen nicht mehr so, wie wir wollen, verstehst du?"

„Aber dieses Mal ist es anders, lieber Freund," sagte Pan und seine Stimme wurde säuselnder.

„Ich bin ganz Ohr…" antwortete die Stimme Neptuns.

„Wenn genügend Menschen für einen Frieden und für die Reinigung auf friedvolle Weise von unserer geliebten Erde beten und auch helfen und sich zusammen schließen, wird der VATER Barmherzigkeit walten lassen und die Menschen schlittern nicht in einen Krieg, die eine Katastrophe für Europa und wohl auch den Rest der Welt hätte."

„Ich verstehe," antwortete Neptun.

Worauf er weiter fragte: „Und was ist da meine Aufgabe in diesem Spiel?"

Pan lächelte.

„Gut, du siehst es als ein Spiel an, obwohl es bitterer Ernst ist."

„Verzeih meine Wortwahl, lieber Pan. Es sollte nicht abwertend gemeint sein."

„Kein Problem!"

Pan lächelte immer noch etwas süffisant.

„Deine Aufgabe, lieber Neptun, wird es sein, die Temperaturen aller Meere zu stabilisieren und die Wassermassen auf dem Niveau zu halten, dass nichts passieren kann, was den Weltfrieden bedroht. Meinst du, dass du so etwas schaffen kannst?"

Neptun zuckte spürbar die Schultern.

„Wir werden es sehen. So etwas wurde von mir noch niemals verlangt. Nicht einmal, als Atlantis damals unterging…"

„Ich weiß," sagte Pan.

„Ich melde mich, wenn ich genaue Anweisungen von den Erzengeln habe," sagte Pan.

Neptun nickte.

„Ich schau mir das Ganze einmal vor Ort an. Bis bald."

Dann war die Leitung unterbrochen.

Pan nickte vor sich hin.

Lief doch schon recht gut an.

Er beschloss, Johannes zu kontaktieren, um ihm die neuesten Dinge mitzuteilen.

Johannes schaute etwas ungläubig drein, als Pan geendet hatte.

„Du hast was? Poseidon eingeschaltet? Echt wahr?"

Pan nickte.

„Voll krass!"

Mehr brachte der überraschte Johannes nicht hervor.

Nach einer schier unendlich langen Pause von 30 Sekunden hatte er aber seine Sprache wiedergefunden und meinte:

„Hoffentlich können wir uns auf ihn verlassen…"

Pan nickte und sagte: „Ja!"

Johannes bedankte sich bei Pan und begann ins Gebet zu GOTTVATER zu gehen…

DER ORGONSTRAHLER „MICHAEL" KOMMT INS SPIEL…

Nach dem Gebet hatte Johannes eine Eingebung bekommen.

Er besaß neben seinen selbstgebauten Orgonstrahlern in Normalgröße noch einen in XXXL Größe, den er liebevoll „Michael" genannt hatte. Mit ihm machte er Erdheilung.

Johannes ging in das Zimmer, in dem der Orgonstrahler „Michael" stand und richtete ihn auf die Weltkarte, die an der Wand befestigt war.

Überall auf ihr waren kleine Pinnwand Stecker angebracht. Diese Pins, wie er sie nannte, waren an strategisch wichtigen und gefährdeten Stellen in die Weltkarte gesteckt. Sie war hinten mit Styropor versehen, damit die Pins auch hielten.

Johannes wusste, dass Ur-Erzengel Michael der Schutzpatron seines riesigen Orgonstrahlers war und so fragte er ihn im Gebet:

„Geliebter Michael, ich bitte dich jetzt um Hilfe. Bitte hilf mir mit aller Energie, die der VATER erlaubt, diesem großen Krieg entgegen zu wirken. Danke, geliebter Michael! Amen. Amen. Amen! Jesus Christus ist Sieger! Jesus Christus ist Sieger! Jesus Christus ist Sieger!"

Danach stellte Johannes den großen Orgonstrahler so in Position, dass der 1,60 Meter hohe Strahler auf Europa, mit Schwerpunkt Deutschland, strahlte ...

Zuerst geschah einige Sekunden lang gar nichts, doch dann spürte Johannes ein wohliges Gefühl.

Diese Energie kannte er nur allzu gut!

„Michael" war im Einsatz und in seinem Element!

Johannes bedankte sich in Gedanken bei allen Helfern und auch beim Erbauer des Orgonstrahlers, seinem Freund und Lichtbruder Josef, dem Urbayern, der zwar äußerlich eine raue Schale hatte, aber innerlich so weich und lieb war.

Flora kam gerade ins Zimmer und spürte die Schwingung sofort.

„Ah! Du bist mit „Michael" im Einsatz!" sagte sie.

Johannes grinste.

„Hast du es schon gespürt?"

„Freilich!"

Flora lächelte dabei so liebevoll, dass es Johannes ganz warm ums Herz wurde!

Pan meldete sich telepathisch bei Johannes:

„Schön, was du da machst, lieber Freund, aber verstehe, dass dein Orgonstrahler nicht ausreicht. Auch die Hilfe von Neptun reicht nicht. Das Gedächtnis der Erde muss mit positiver Energie geflutet werden. Sende Botschaften via Mail und verbreite es weltweit. Mach eine Kettenmail Lawine daraus, die die ganze Welt überrollt…"

Johannes schaute überrascht auf. Flora sah seinen Gesichtsausdruck und sagte: „Wer war gerade da?"

„Pan war es, meine Süße."

Flora lächelte. „Dann erzähl mal…"

Nachdem Johannes geendet hatte, rief er Sabine an. Auch sie war bei den „Freunden des natürlichen Lebens" und eine hervorragende Organisatorin.

Sabine wendete sich an einige Freunde und schon am Abend waren hunderte Mails weltweit unterwegs.

„Schau mal, Johannes!" rief Flora und zeigte auf die Weltkarte, die mit dem Orgonstrahler „Michael" energetisiert wurde.

Johannes betrat das Zimmer und staunte nicht schlecht!

Eine riesige Aura hatte sich um das Weltkarten-Poster gebildet.

Sofort lief er eine Etage tiefer ins Wohnzimmer.

Dort bestrahlten zwei kleine Orgonstrahler aus verschiedenen Positionen markante Stellen auf einer Karte aus dem Mittelalter, auf der das Firmament sichtbar war, dass in der

Bibel so beschrieben steht. Johannes mochte den Gedanken des Firmaments und deshalb arbeitete er auch mit dieser Karte sehr erfolgreich. Sie war eine Kopie eines Druckes aus dem Internet.

Auch dort war eine leuchtende sichtbare Aura zu sehen!

„Es wirkt, juhu, es wirkt!"

Freudestrahlend nahm Johannes Flora in den Arm und drückte sie voller Freude!

DIE TEMPERATUREN GEHEN IN DEN KELLER:

In der Nacht fielen die Temperaturen und es wurde kälter.

Glücklicherweise hatte Johannes seinen PKW schon mit Winterreifen bestückt gehabt in weiser Voraussicht.

Plötzlich bekam er eine Botschaft telepathisch übermittelt. Es war eine sehr eindringliche Botschaft, die er im Kopf vernahm:

„Es geht noch zu langsam. So könnt ihr das Szenario nicht stoppen!"

Johannes war irritiert! Wer hatte da gesprochen? Die Stimme kannte er nicht.

Er wollte gerade darüber nachsinnen, als das Telefon klingelte.

„Überraschung!" sagte die Stimme am anderen Ende.

Es war Elsie

Johannes freute sich, ihre Stimme zu hören.

„Wir haben eine Überraschung für Flora und dich. In etwa einer Stunde sind wir da. Alles weitete nachher. Tschüß!"

Johannes lächelte und sagte auch Tschüß.

Typisch Elsie... Geheimnisvoll.

Er erzählte es Flora und auch sie war sehr gespannt, was denn käme.

Hutzlibub, der kleine Wichtel, war voller Freude, Elsie wieder zu sehen.

Gut 60 Minuten später kamen ein Auto in den Hof gefahren. Es war der Golf von Elsie mit Wohnwagen und gefolgt von einem T4 VW Bulli.

Das gab eine Wiedersehensfreude, als Elsie ausstieg. Die restlichen Begleiter stellte sie schnell vor. Es waren alles

Menschen, die vom Herzen her gut waren und mithelfen wollten, einen großen Krieg abzuwenden.

Johannes schaute Elsie tief in die Augen und fragte:

„Wessen Idee war das denn, bei diesem Wetter zu uns zu fahren?"

Alle schauten Elsie an.

Sie lachte und sagte: „Na, Überraschung gelungen?"

Johannes nickte.

„In der Tat. Doch wieso habt ihr so eine weite Fahrt bei diesem Wetter unternommen?"

„Nun, ich war mit meinem Wohnwagen bei Freunden in der Nähe von Kassel und erzählte ihnen, was du in der Mail geschrieben hast," sagte Elsie. „Da alle spontan mitmachen wollten und mein alter Golf nicht so viele Leute aufnehmen konnte, kam uns spontan die Idee, den alten Bus von Tom als weiteres Fahrzeug zu nutzen, um zu euch zu kommen."

Bevor Johannes etwas sagen konnte, meinte Elsie dann: „Als hätte ich es gewusst. Ich hab Vorräte für mindestens 14 Tage dabei und unterwegs haben wir für 300 Euro noch einen Discounter halb leer gekauft, hihihi..."

„Du bist schon ne Flocke, Elsie", schmunzelte Johannes.

„Ja, aber eine mit Hirn. Pennen werden wir auf dem Campi, der ist doch nur ne Viertelstunde von euch entfernt, oder?"

Johannes wusste nicht, was er sagen sollte. Er nickte und sagte Ja.

Johannes, Flora und ihre Kinder Chris und Karin hatten auf dem in der Nähe liegenden Campingplatz auch schon so manche Nacht verbracht und kannten sich deshalb dort gut aus.

"Gut, gehen wir in die warme Stube. Flora hat schon etwas den Ofen eingeheizt, da es doch schon recht frisch hier draußen ist."

ERNSTE WARNUNGEN:

Die Nacht verlief ohne Zwischenfälle. Die sechs Gäste hatten auf dem Campingplatz übernachtet. Der Wohnwagen und der T4, der unten zwei und oben zwei Schlafplätze hatte, reichten für die sechs Freunde aus. Auf die Frage des Platzwartes, wie lange sie denn bleiben wollten, sagte Elsie nur: „Das wissen wir noch nicht. Erst einmal sind 7 Tage geplant."

Da ja Duschen im Preis inklusive war, genossen die sechs Rentner es in vollen Zügen, bevor sie wieder zurück zu Johannes und Flora fuhren.

Im Wohnzimmer hockten sie sich vor den Ofen, der eine wohlige Wärme abgab.

Pan meldete sich urplötzlich bei Johannes.

„Erschrick bitte nicht, ich bin real heute da und materialisiere mich jetzt."

Johannes konnte nur noch „Keine Angst" sagen, da erschien Pan im Zimmer.

Johannes grinste ihn an, denn Pan zeigte sich so, wie er ihn kannte. Eben als Faun. Das ist eine Naturwesen Specie.

Er lächelte in die Runde.

Am deutlichsten sah ihn Johannes und so übersetzte er auch alles, was Pan sagte für die Freunde.

„Es ist mir eine Ehre und zugleich große Freude, hier zu sein. Wenn der Besuch nicht so dringlich wäre, könnten wir ein paar schöne Stunden verleben, doch leider pressiert es im Augenblick. Die Temperatur der Weltmeere stabilisiert sich und somit auch das Klima, da beides in inniger Verbindung steht. Es muß eine Lösung für Europa gefunden werden."

„Und wenn alle Lichtarbeiter beten und innig die Lichtsendungen tätigen?"

Die Stimme war von der Tür hergekommen. Alle drehten sich um.

„HI!" sagte die Stimme grinsend.

„Sabine!" rief Flora

„Wo kommst du denn jetzt her?"

„Von Zuhause," sagte sie.

„Ich hatte die Eingebung, zu euch zu fahren, denn heute geht es mir körperlich gut. Schön euch alle zu sehen! Ich kenne euch zwar nicht, spüre aber eure immense Hilfsbereitschaft und euer Gottvertrauen!"

Es gab eine stürmische Umarmungswelle.

„Dein Tipp ist gut!"

Johannes schaute sie an. Dann zeigte er auf seine linke Schulter.

„Hutzlibub!" rief Sabine. „Sitzt er da bei dir?"

Johannes nickte. Das Lachen der Freude, das jetzt ertönte, war ansteckend.

Pan versuchte dann, noch etwas Wichtiges zu sagen:

„Der Tipp von Sabine kann klappen, aber sendet die Botschaft am besten gleich raus."

Kaum hatte Johannes es wiedergegeben, meinte Sabine nur:

„Hey, Johannes, lass mich mal an deine Tastatur. Ich mach das schon."

Dann setzte sie sich an den Computer und blitzschnell war eine Mail getippt und gemeinsam sendeten sie sie raus an viele tausend Lichtarbeiter.

Flora fing an, jedem Anwesenden einen recht großen Schungit Stein zu geben.

„Der gibt euch Kraft, ihr Lieben."

Dankbar wurde der Heil- und Energiestein angenommen.

Johannes hörte zwei Worte in seinem Kopf:

„Gemeinsam beten"

Er sagte es und sie setzten sich in die Runde:

„Geliebter VATER," begann Johannes und alle sprachen nach.

„Wir bitten Dich jetzt, dass wir alle unter Deinem Schutz stehen und dieses Grundstück mit allem was darauf ist, ebenso. Wir beten auch für unsere geliebte Erde und das das Gleichgewicht wieder hergestellt wird auf Erden und einen großen Krieg und einen Bürgerkrieg bei uns abhältst, wenn du es erlaubst, VATER, denn nur dein Wille geschieht jetzt. Amen. Amen. Amen. Jesus Christus ist Sieger. Jesus Christus ist Sieger. Jesus Christus ist Sieger!"

Als alle geendet hatten, geschah etwas Wunderbares!

Eine Lichtgestalt manifestierte sich im Raum und alle konnten ihre halbtransparente Energieform wahrnehmen.

Johannes schluckte dreimal.

„Das ist der Heilige Geist," sagte er ehrfürchtig und verneigte sich so gut er konnte. Die anderen taten es ihm nach.

„Höret, meine Kinder," vernahmen plötzlich alle im Raum die liebliche Stimme.

„Ihr seid Boten des VATERS und in seinem Namen und Auftrag heute hier zusammengeführt worden. Unsere geliebte Erde braucht eure Hilfe und deshalb werdet ihr aus Liebe zu ihr und zum VATER gerne diesen Liebesdienst machen."

Alle nickten stumm. Keiner getraute sich etwas zu sagen.

Der Heilige Geist sprach weiter:

„Ich bin Mutter Maria und eins mit dem Heiligen Geist zusammen mit meinem Dual, den ihr Erzengel Gabriel nennt. Wir sind im Auftrag des VATERS weltweit im Einsatz, um seinen Liebes- und Erlöserplan mitzuhelfen zu verwirklichen."

Die Energie in dem Wohnzimmer stieg ins schier Unermessliche, während Mutter Maria sprach und alle fingen an zu schwitzen, als wäre es Hochsommer mitten in der Wüste. Besonders Flora schwitzte so sehr, dass sie mit der Hand den Schweiß von der Stirn wischen musste, aber das war ihr im Augenblick ganz egal, denn sie genoss die Liebesenergie, die Mutter Maria ausströmte und die tief in die Herzen aller Freunde ging.

„Bleibt stets unter dem Schutz des VATERS," sagte Mutter Maria.

„Die dunkle Seite holt zum finalen Schlag aus, aber sie kann euch nichts anhaben, da ihr geschützt seid."

Tom fragte ganz dezent, ob er eine Frage anbringen dürfte.

Mutter Maria nickte.

„Sollen wir bis zum Ende der Krise hierbleiben, auf dem Campingplatz, fahren wir in unser eigenes Haus zurück oder werden wir gar evakuiert, wenn es zu heftig werden wird?"

Die reinste Liebe in Form eines Blickes traf ihn als Antwort.

Tom schluckte und nickte dann.

Johannes schaute Emma an, die die Antwort scheinbar nicht verstanden hatte und sagte leise:

„Hör auf dein Herz."

Mutter Maria nickte liebevoll winkte den Freunden zu und innerhalb eines Bruchteils einer Sekunde, war sie wieder verschwunden.

Nur den lieblichen Geruch von Rosen hatte sie hinterlassen.

Fassungslosigkeit, gepaart mit Augenreiben waren die ersten Reaktionen. Sie hatten ein Wunder erlebt! Eine leibhaftige Manifestation der kaum in Worte zu kleidenden Liebe von GOTTVATER zu seinen Kindern.

„Was ist der genaue Plan?" fragte Manuela, eine etwa 70 jährige, rüstige Frau.

Johannes schaute sie liebevoll an.

„Der Plan zur Rettung der Erde und aller Lebewesen, die es aus freien Stücken und aus Liebe zum VATER machen. Das ist die Kurzversion. Der Rest erzählt dir dein Herz, denn dort wohnt der VATER und solange du an ihn glaubst, spürst du auch seine Präsenz. Das trifft auf alle Menschen zu, die ihn lieben und ihm voll und ganz vertrauen. Amen, Amen, Amen."

Johannes hatte dabei seine Augen geschlossen und die Hände zum Gebet zusammengelegt.

ERDHEILUNGSMAßNAHMEN:

Die nächsten drei Tage verbrachten die Freunde mit Erdheilungsmaßnahmen.

Das Wetter hatte sich einigermaßen gehalten.

In den TV und Radiosendungen gab es nur noch ein Thema: Der kalte Krieg zwischen den Fronten in der Politik.

Im normalen Leben auf der Straße ging alles seinen gewohnten Gang. Das über ihnen ein Damoklesschwert thronte, ahnte fast niemand.

Noch waren die Lebensmittel Zulieferungen in den Geschäften komplett intakt.

Johannes, Flora, Tom und Elsie hatten für den Vormittag geplant, das Nötigste einzukaufen. Sicher ist sicher...

Auch wenn Flora und Johannes für etwa 4 Wochen Notrationen hatten, wollten sie diese nach Möglichkeit noch nicht anrühren und so wurde beschlossen, heute einkaufen zu gehen.

Johannes war sehr froh, dass sie mit zwei Autos fahren konnten, da dadurch doch mächtig viel Stauraum war.

Sabine wollte zuhause auch noch mit ihrem Mann einen größeren Einkauf tätigen.

Die Qual der Wahl fiel auf eine Kleinstadt in der Nähe, bei der um die Mittagszeit nicht viel los war.

Bei einem großen Discounter konnten sie gut parken und sie gingen mit zwei Einkaufswagen hinein.

Eine knappe Stunde später hatten sie nicht nur diese beiden gefüllt, sondern weitere zwei Einkaufswagen.

Dabei beschränkten sie sich auf die wichtigsten Dinge, falls es zu einem Notstand käme:

Toilettenpapier hatten sie allerdings mehr als reichlich gekauft. Einen Einkaufswagen voll…

An der Kasse grinste Elsie die Kassiererin an und meinte nur schelmenhaft: „Wir haben daheim eine gute Verdauung…"

Vollbeladen machten sie sich auf den Rückweg. Die 400 Euro für den Einkauf hatten sie vorher zusammengelegt.

Jetzt waren sie für 4 Wochen auf jeden Fall relativ unabhängig, und da sie bei Stromausfall auch noch mehrere Campinggaskocher hatten. Johannes hatte vorsorglich 30 Kartuschen zum Nachfüllen besorgt gehabt, falls man mit dem selbstgebauten Wohnmobil unterwegs sei. Die wurden aber jetzt in den Wohnwagen von Elsie gelegt, denn Flora und Johannes haben einen Flüssiggastank im Garten und so eine autarke Versorgung zum Kochen.

Da aber nicht genügend sauberes Trinkwasser da war und eine fantastische Quelle mit reinem Quellwasser nur wenige Kilometer entfernt war, erklärten sich die beiden Männer bereit, nachdem sie die Einkäufe wohlbehalten abgeliefert hatten, noch einmal loszufahren und die lebensmittelechten Kanister mit Wasser zu füllen.

Längst hatte sich herumgesprochen, dass es einwandfreies Trinkwasser war und es pilgerten immer wieder Menschen mit Kanistern dorthin, um sich zu bedienen.

Tom und Johannes hatten die Sackkarre aus dem Schuppen mitgenommen, die ihnen jetzt gute Dienste leisten sollte.

Und in der Tat war es auch so.

Acht Mal liefen die beiden Männer mit der Sackkarre und den gefüllten Kanistern zur Quelle und zurück.

320 Liter Wasser hatten sie auf diese Weise ins Auto geladen.

Während dieser zwei Stunden Arbeit war ihnen niemand begegnet, nicht einmal jemand, der seinen Hund Gassi führte…

Wie, als hätte jemand seine Hand über die beiden gehalten, hatte es mit dem Nieselregen aufgehört, als sie die Quelle erreichten und Johannes sprach dafür sofort ein Dankesgebet.

Als sie froh und erleichtert das viele Wasser in den Keller verfrachtet hatten, waren sie froh, wieder da zu sein.

Als Belohnung gab es eine schöne warme Suppe mit selbstgebackenem Brot. Das war der schöne Vorteil des Ofens, der auf den Namen Bruno hörte. Auf der Plattform hatte Johannes mit Ziegelsteinen eine Art provisorischen Backofen gebaut mit Metallklappe und das wurde jetzt ausgiebig genutzt.

Im Internet überschlugen sich die Verschwörungstheorien

Die meisten Dinge kamen weder im TV noch im Radio. Manu und Emma hatten diese Arbeit übernommen, immer wieder die Nachrichten dahingehend zu schauen bzw. zu hören, was den über Krisen gesagt wurde. Meistens kamen nur belangloses Zeug. Heute gab es zuhauf Unfälle auf den süddeutschen Autobahnen und im Radio dauerten die Verkehrsnachrichten fast 15 Minuten lang. Das war mehr als ungewöhnlich!

In weiser Voraussicht hatten Johannes, Elsie und Tom heute auch noch vollgetankt. Man konnte ja nie wissen...

Johannes klickte sich durchs Internet und surfte auf eine Seite, die er per Mail als link bekommen hatte.

„Ja da schau her," sagte er zu Elsie, die auf dem Stuhl neben ihm Platz genommen hatte."

Elsie putzte ihre Brille und bekam ebenfalls große Augen.

„Trommel mal alle zusammen," sagte Johannes zu ihr.

Wenige Minuten später staunten die Freunde nicht schlecht!

Dort auf der Seite stand folgendes:

„Migranten nicht mehr zu stoppen! Regierungen ergeben sich ihrem Schicksal. Europa geht einem Desaster entgegen!"

Danach war auf der Seite eine wissenschaftliche Abhandlung zu sehen und Fotos, die aus ganz Europa gesendet worden waren.

Die Freunde schauten sich an.

„Wieviel sollen da in nächster Zeit nach Europa kommen? 50 Millionen Flüchtlinge? Wie sollen wir das denn in Deutschland verkraften? Könnt ihr euch das vorstellen?" fragte Emma.

Es gab ein einhelliges Kopfschütteln.

„Das haben wir gleich," sagte Johannes.

„Wir beten und fragen danach die geistige Welt, was die dazu sagt."

Nach dem innigen Gebet zu GOTTVATER fragte Johannes nach der Weltlage: „Geliebter Sohn," kam die Antwort prompt.

„Die andere Seite will mit Gewalt euer Land mit Menschen aus Afrika fluten. Täglich werden hunderte eingeflogen und das nachts unter Geheimhaltung. Aber eure weltweiten Bemühungen über die Gebete und Lichtsendungen sind so stark, dass Ich über Meine Millionen von Helferengeln arbeiten kann ohne in den freien Willen der Menschen einzugreifen. Die Umvolkung ist zwar in vollem Gange, aber immer mehr Menschen möchten wieder ihre Heimat so zurückhaben, wie sie vor 2015 war. Sie haben persönlich nichts gegen die Menschen aus Afrika, aber es muss eine andere Lösung her, sagen die weltlichen Menschen in eurem Land. schaffen es im Augenblick, ihn noch im Fluss zu halten."

„Wie können die tägliche Einströmung der Afrikaner stoppen?"

Auch hier kam die Antwort prompt:

„Durch das weltweite Verbinden aller spirituellen Menschen, die für die Heilung und Reinigung der Erde beten."

„Gibt es, wenn nichts anderes hilft, eine Naturkatastrophe als Teil der Reinigung?"

„Nein, nicht unbedingt. Winter und Kälte ja, denn ihr steuert auf den Winter zu, aber keine Klimakatastrophe. Das ist nicht geplant."

Die Antwort des Schutzengels ließ Johannes aufhorchen.

„Was wäre, wenn man die Pole dazu bringen würde, nicht mehr weiter zu schmelzen und dadurch die sogenannte Klimaerwärmung zu stoppen?"

Dabei schaute er in die Runde.

Flora meinte: „Frag doch die Engel dazu."

Johannes nickte.

„Dazu müsstet ihr geistig mit ihnen Kontakt aufnehmen. Die Naturwesen können euch dabei helfen."

Als Johannes die Nachricht gesagt hatte, strahlte Elsie ihn an.

„Ich glaube Pan ist da. Riech doch mal."

Johannes schnupperte und nahm einen leichten Geruch von Tannenwald war. Seit geraumer Zeit meldete sich Pan mit diesem Lieblingsduft von Johannes bei ihm, um ihm eine Freude damit zu machen.

„Du hast recht, Elsie," sagte er.

„Pan ist da, aber noch hat er sich nicht gezeigt."

Kaum hatte Johannes die Worte ausgesprochen, manifestierte sich Pan links neben ihm am Durchgang zur Küche.

„Wir freuen uns, dass du uns wieder einmal besuchst, lieber Pan."

Johannes lächelte, nach dem er ihn begrüßt hatte.

Heute spürten ihn alle und schemenhaft nahmen ihn auch die meisten wahr.

Pan fing an zu erzählen:

„Das, was momentan auf Erden passiert ist wirklich einzigartig! Klimaschwankungen gab es schon öfters und auch die letzte Eiszeit hatte Europa voll unter Kontrolle, aber dieses Mal," dann machte er eine Pause und sprach weiter, „dieses Mal ist alles ganz anders. So viele spirituelle und umweltbewusste, ökologische Menschen wurden noch niemals zusammen vereinigt um für eine gemeinsame Sache zu kämpfen. Jawohl kämpfen, meine Freunde! Es ist der Kampf des Lichtes gegen die Dunkelheit. Denn durch deren Technologien fingen erst die Pole an zu schmelzen…"

„Du meinst die Chemtrails oder Haarp und die ganze Wettermanipulation, wie es in diversen sogenannten

Verschwörungstheorien steht?" fragte Tom, nachdem Johannes Pans Rede übersetzt hatte.

Johannes nickte simultan mit Pans Geste.

„So ist es," fuhr Pan fort. „Das ist aber nur die Spitze des Eisbergs. Begonnen hatte es in neuerer Zeit mit den Experimenten von Nikola Tesla, dem genialen Erfinder und Tüftler. Dessen Forschungen waren Grundlagen für vieles. Seitdem tobt ein Krieg um eure Erde und auch die Wetterbeeinflussungen spielen dort eine Rolle..."

„Warum wird das denn von der geistigen Welt zugelassen?" fragte Emma.

„Weil wir einen freien Willen haben und GOTTVATER nur im absoluten Notfall eingreift, wenn die Erde in Gefahr wäre."

„Und was ist mit dem Liebes- und Erlöserplan des VATERS?" fragte Elsie.

Johannes nickte.

„Ja, die Frage ist berechtigt. Ich glaube, dass der VATER keinen vernichtenden Krieg zulässt. Er möchte erst einmal sehen, wie weit wir selber uns zu helfen wissen. Natürlich unterstützt er uns, wenn wir ihn darum bitten."

Nachdem eine Minute etwa geschwiegen wurde, übernahm Pan wieder das Wort:

„In der Tat, so sehen wir es auch, Johannes. Doch jetzt ist dein Improvisieren gefragt. Da du der Einzige hier im Raum bist, der mit meiner Hilfe Kontakt zu den Eisbergen und den Polen aufnehmen kannst, sollten wir es sobald wie möglich machen."

Johannes erklärte kurz die Situation.

Flora grinste.

„Soso, zu den Polen sollst du Kontakt aufnehmen."

„Ja, aber nicht die Menschen aus Polen sind gemeint, sondern Nord- und Südpol," antwortete er schelmisch zurück.

Das aufheiternde Gelächter lockerte die Atmosphäre sichtlich.

Da klingelte es an der Tür. Flora ging hin, um nachzusehen.

„Hi, Flora," sagte eine freundlich lächelnde Sabine.

„Komm rein."

Nach der Begrüßung setzten sich alle auf einen Stuhl und im wärmenden Schein des Kaminofens begannen die Freunde mit einer Gebetsmeditation.

Sie baten GOTTVATER um Schutz und Johannes begann mit den beiden Polen Kontakt aufzunehmen, den Pan zur Verfügung gestellt hatte…

DAS SCHMELZEN DER POLE WIRD GESTOPPT:

Johannes spürte ein wohlig warmes Gefühl in seinem Inneren.

„Spürst du das auch, Pan?" fragte er ihn telepathisch.

„Ja, Johannes. Wir sind im Inneren des sogenannten Südpols, einem riesigen Ring aus Eis."

„Warum ist es hier nicht kalt?" fragte Johannes.

„Weil du geistig verbunden bist, deshalb."

Johannes schaute sich um.

Alles war grün phosphoreszierend. Es erinnerte ihn an den Heilstein Moldavit.

Pan nahm den Gedanken auf.

„Die Idee ist sehr gut! Damit kannst du Kontakt herstellen. Hast du einen Moldavit?"

Johannes nickte.

Dieser Heilstein, der aus dem Moldaugebiet kam, von dem er dann seinen Namen hatte, gehörte zu seinen Lieblingssteinen, da er nicht nur optisch ein Hingucker war, sondern auch starke Heilkräfte hatte.

„Konzentrier dich auf deinen Moldavit, Johannes. Er ist unser Schlüssel zum Öffnen dieser nächsten Tür."

Johannes konzentrierte sich auf seinen Moldavit und der Beschützer des Steins sprach zu ihm:

„Ich grüße dich, Johannes. Gerne helfe ich dir. Ich verbinde dich mit einem riesigen Moldaviten, der friedlich im Erdinnern schlummert und eine vielfache Stärke von mir hat."

Johannes bedankte sich und dann sah er vor dem geistigen Auge den riesigen Moldavit. Seine Kraft war extrem stark!

In diesem Moment fiel Johannes noch sein Freund „Harald" ein. Das war der größte schwarze Turmalin der Welt, der auch in der Erde ruhte. Telepathisch rief er ihn.

„Gott zum Gruß, Johannes," sagte Harald.

Johannes spürte seine wärmende Energie.

„Kannst du mir einen Gefallen tun, Harald?"

Harald nickte.

„Wir müssen Europa retten…"

Dann berichtete Johannes in kurzen Worten, was geschehen war.

Der große Moldavit, den Johannes kurzerhand „Moldi" genannt hatte, erklärte sich auch bereit zu helfen.

Gemeinsam mit Pan erreichten sie das Energiewesen, das für den Südpol zuständig war.

„Gehabt euch wohl," wurden sie freundlich begrüßt.

„Gott zum Gruß!" antwortete Johannes freundlich zurück.

Als er Minuten später dem Beschützer des Südpols alles gesagt hatte, war dieser recht traurig.

„Was sind diese Menschen doch durchtrieben und böse. Wie gut, dass nicht alle so sind."

Das Südpol Beschützerwesen hatte lange geschlafen und vieles nur unbewusst wahrgenommen.

„Wie können wir die Polschmelze zum Stoppen bringen?" fragte Johannes seinen Freund Pan.

„Die Kälte, welche in den Golfstrom fließt wieder Richtung Pole leiten und zusätzlich die Erwärmung der Erde drosseln."

Die Antwort von Pan klang plausibel.

Johannes nickte.

„Ich teile es nur meinen Freunden kurz mit, Augenblick…"

Dann war Johannes wieder in seiner Mitte.

Die Freunde beratschlagten, was denn zu tun sei.

Pan meldete sich in Johannes Kopf und sagte: „Wir kommen alle zu euch."

Das überraschte Johannes sehr und er gab die Botschaft weiter.

Als die starken Energien von „Moldi", dem Moldaviten und „Harald" dem Turmalin den Raum fluteten, mussten einige tief Luft holen. Die Schwingung war spürbar angestiegen!

Johannes sprach jetzt simultan alles aus, was gesagt wurde, so dass die Freunde an der Unterredung teilnehmen konnten.

„Moldi" und „Harald" nahmen Kontakt zu Neptun und den Nixen und Undinen auf. Gemeinsam wollten sie eine große „Optimaltemperatur der Weltmeere" initiieren.

Für den heutigen Abend, genauer gesagt, 19 Uhr MEZ war eine weltweite Lichtsendung geplant. Organisiert hatte es ein Australier, nachdem er Sabines Mail gelesen hatte und von der Idee begeistert war.

Er schrieb in der letzten Mail, das über 50.000 Menschen mindestens dran teilnehmen wollten.

„Earthsaving Meditation" nannte er das Projekt und es erhielt rasenden Zuwachs weltweit. Das Umdenken in den Herzen und Köpfen der Menschen war deutlich zu spüren.

„Also gut, Pan," sagte Johannes.

„Nutzen wir die Energie der unterstützenden Helfer. 19 Uhr MEZ, ok?"

Pan nickte.

„Johannes?" fragte da eine Stimme und zupfte an seinem Ärmel.

Als er sich umdrehte, sah er den Zwerg Helmbert, der ihn anlächelte. Zudem trug er Hutzlibub, den Wichtel, auf der Schulter.

„Wir haben uns angefreundet," sagte der Zwerg und grinste.

Johannes teilte diese Botschaft gleich mit und es gab freudige Zustimmung von allen Seiten.

„Wir Zwerge möchten auch helfen, weißt du?" sagte Helmbert.

„Und wie?" fragte Johannes und war ganz Ohr wie man so schön sagt.

„Wir gehen in großen Gruppen zu den beiden Polen und helfen unterirdisch mit. Lasst euch überraschen!"

„Gerne!"

Danach verabschiedete sich Helmbert und versprach, wieder zu kommen.

Hutzlibub blieb bei den Freunden und wollte sozusagen Kontaktmann werden.

Es gab eine eindeutige Bejahung dazu!

Als es auf 19 Uhr MEZ zuging, waren die Freunde nervös. Johannes beruhigte sie.

Punkt 19 Uhr klinkten sie sich wie viele tausend andere Menschen in das Gebet mit anschließender halbstündiger Lichtsendungsmeditation ein.

Johannes reiste wieder geistig zum Südpol und spürte plötzlich die Energie und Präsenz der vielen tausend Helfer.

„Überwältigend schön," entfuhr es ihm, da er diese Energie spürte und gleichzeitig in den fluoreszierenden Lichtern im Südpol geistig weilte.

Pan meldete sich.

„Die Sylphen leisten ganze Arbeit und wandeln was das Zeug hält."

„Chems und Haarp und so´n Zeug?" fragte Johannes.

„Genau!"

„Wunderbar! Schick ihnen unseren Dank!"

Pan nickte und war verschwunden.

Der Beschützer des Südpols erschien jetzt plastisch sichtbar. Ein alter Mann mit langem Bart und müden Augen schaute Johannes an:

„Sei wiederum gegrüßt, mein Freund. Ich spüre, wie mit reiner Herzensliebe und dem Stopp der Sprühaktionen oberhalb von mir, keine Erwärmung des Pols stattfindet. Das Schmelzen ist zum Stillstand gekommen."

„Wie sieht es am Nordpol aus?" fragte Johannes.

Pan erschien wieder. „Auch dort das gleiche Resultat. Beide
Pole schmelzen im Augenblick nicht mehr."

„Jetzt müsste man eine Art Glocke um die Erde machen,
zumindest um die Pole, sozusagen als Schutz."

Dieses war Johannes nur so herausgerutscht, aber Pan
lächelte.

„Die gibt es doch schon. Denk an die Bibel…"

Dann verschwand er wieder…

DIE GLOCKE:

Als Johannes alles den Freunden berichtet hatte, wurde
sofort eifrig überlegt, wie so eine Glocke denn aussieht.

Die Eingebung dazu hatte Flora dann.

„Wie im Großen so im Kleinen und umgekehrt, oder?"

Dabei strahlte sie alle an. Johannes nickte. „Natürlich! Es ist
mit einer Mittelalterkarte möglich. Da ist das in der Bibel
erwähnte Firmament eingezeichnet und die Erde hat

irgendwie eine andere Zuordnung der Kontinente," meinte Johannes. „Dann noch den Orgonstrahler davor und die Post geht ab!"

„Johannes?" meinte jetzt Sabine. „Hast du schon mal von der Theorie gehört, dass der Globus und die sich drehende Erde nur von der anderen Seite im Mittelalter durch die Maurer, du weißt schon, erfunden wurde, damit die Menschen nicht wissen, dass die Erde, die du ja auch immer Juwel nennst, in Wirklichkeit weder rund noch drehend, sondern fest fixiert und flach mit einem Gewölbe ist, dass auch so in der Bibel steht und Firmament heißt?"

„Ein langer Satz, Sabine. Aber um deine Frage zu beantworten: Ich kenne diese Theorie natürlich! Im Internet hauen sie sich symbolisch die Köpfe darüber ein."

„Nun, wenn du es kennst, dann weißt du auch, dass bei der flachen Erde Theorie der Südpol einmal rundum ist, oder?"

„Nein, dass wusste ich nicht, denn auf meiner Mittelalter Karte ist das nicht ganz so gezeichnet."

„Nun," sagte Sabine. „Ist jetzt auch nicht so wichtig, ob der Südpol einmal rum wäre, aber: Das mit dem Firmament und deinen Orgonstrahlern und unseren Gebeten kann wirklich helfen, das ganze Geschwurbel, was die andere Seite da plant, in den Griff zu bekommen und einen großen Krieg zu verhindern!"

Johannes überlegte und grinste dann.

„Ich nehme die Mittelalterkarte Nr.2, die ich neulich auf DinA4 ausgedruckt habe. Dort kann ich über die Karte eine Glasschale stülpen. Gut, dass ich eine aus Glas dahabe, die die richtige Größe hat..."

„Fang gleich an! Hauptsache, es klappt!"

Elsie war jetzt sehr energisch geworden.

„Pack mers. Aufi!" meinte Flora.

Johannes sprang auf und ging in den Flur. Dort war es schon deutlich kühler geworden.

„Legt jemand beim Bruno Ofen mal Holz nach? Danke!"

Dann lief er die Treppen nach oben, um die Kopie der Karte zu holen.

Nach einigen Minuten kam er zurück. Flora war gerade dabei, einen mächtigen Holzscheit in den Ofen zu legen.

Die Wärme kehrte sofort zurück.

In dem Wohnzimmer, wo sich alle versammelt hatten, wurde jetzt die Glasschüsseln über die Mittelalter Erde in Kopie gelegt.

Johannes hatte vor einem Jahr etwa einen speziellen Erdheilungsstrahler nach geistiger Eingebung gebaut und da er vielen Freunden auch gefiel, baute er immer wieder welche. Vier Stück waren letztendlich noch bei ihm geblieben und so ein Erdheilungsstrahler passte im Gegensatz zum

Orgonstrahler auch unter die „Glocke", wie die Glasschüssel ab jetzt hieß.

Flora sagte aber liebevoll, dass bitteschön die Erdheilung nicht unbedingt hier im Wohnzimmer stattfinden sollte, da es ohnehin schon recht voll dort sei.

Man einigte sich darauf, dort nur die Experimente zu machen und die Lagerung der Glocke in einem anderen Raum durchzuführen.

„Haltet einmal eure Hände über die Glocke, damit wir sie segnen können."

Alle hielten jetzt ihre Hände übereinander und die Glocke wurde durch folgendes Gebet energetisiert und geschützt:

„Geliebter VATER, wir bitten dich jetzt, dass wir unter Deinem Schutz stehen und auch die ganze Erdheilung, die wir jetzt ausüben. Bitte segne diese Glocke hier, damit die Erde darunter geschützt ist und es Heilung und Frieden gibt. Dein Wille geschieht jetzt! Amen, Amen, Amen! Jesus Christus ist Sieger, Jesus Christus ist Sieger, Jesus Christus ist Sieger!"

Alle Freunde sprachen den Text nach, während ihn Johannes channelte.

Es gab ein „Wow!" Gefühl auf einmal! Eine mächtige Energie schoss unter die Glocke und alle spürten die Resonanz sofort deutlich!

Flora sagte dann, man solle doch für den Südpol das gleiche machen und auch eine Glocke über die Region legen, wo der Golfstrom fließt.

Im oberen Zimmer, in dem schon der riesige Orgonstrahler „Michael" stand, wurde jetzt die „Glocke" positioniert und energetisiert. Schon nach wenigen Minuten war die Schwingung in dem Raum derart hoch, dass man tief durchatmen musste, wenn man den Raum betrat.

„Mehrere Millionen Boviseinheiten, wenn´s langt," sagte Johannes und schmunzelte.

„Denke ich auch," sagte Tom, der Rutengänger ist.

„Hauptsache es hilft der Erde und den Menschen, Tieren, Pflanzen und Bäumen," warf die praktisch veranlagte Elsie mit einem Lächeln ein.

Alle schmunzelten.

Johannes schaute hinaus und meinte nur:

„Mal sehen, wann die Schwingung uns hier im Allgäu erreicht."

Das hätte er lieber nicht sagen sollen...

Pan meldete sich entrüstet:

„Hallo? Was haben wir denn eben gesagt? Wie im Großen so im Kleinen, gelle?"

Das langgezogene Gell sagte er oft als Persiflage auf den Allgäuer Akzent, der hier so liebevoll gesprochen wird.

Johannes musste schmunzeln und verriet Pans Äußerung.

„Genau so ist es!"

Christiane hatte das Wort ergriffen. „Es wirkt schon, merkt ihr es nicht?"

Die Stimmung war jetzt fröhlich und ausgelassen und das war auch gut so, denn es sollte noch einiges auf die Freunde zu kommen…

DIE NIXEN HABEN EINE IDEE:

„Na, dem Grinsen nach ist was vorgefallen, oder?" fragte Emma.

„Jepp!" Johannes´ Antwort war kurz und knapp.

Dann legte er los: „Ich habe eine besondere Affinität zu den Nixen und Meerjungfrauen habe, seit sich uns damals gerettet hatten."

Schulterzucken war die Antwort.

„Ok, die Geschichte war so: In Südschweden hatten wir ne Survival Tour gemacht und mit Alu Kanus auf dem offenen Meer gefahren. Die Wertsachen waren bei uns mit drin und wir in diesem Leben das erste Mal in so nem Teil. Logisch, dass wir als ungeübte Personen die langsamsten waren. Das gemeine aber war, dass immer Felsen bis unter die Wasseroberfläche ragten und wenn man dagegen gerammt wäre… Prost Mahlzeit! Ich betete und bat innerlich um Hilfe und die kam prompt! Neben uns erschienen Nixen oder Meerjungfrauen, je nachdem, wie man sie nennt und lotsten uns um die Steine herum. Das war voll krass, sage ich euch. Plötzlich hatte ich eine Melodie im Kopf und sang dazu folgenden Text, der mir gerade in den Sinn kam: „Kleine Seenixen schiebt uns an, lotst uns um die Steine herum!" Ich sang es wie ein Mantra, immer und immer wieder! Das Wunder geschah! Wir wurden gelotst und geschoben und holten den Abstand zu den vor uns fahrenden Kanus bald auf.""

„Und was ist jetzt mit den Nixen?" fragte Emma.

„Gemach! Ich erzähl es ja schon."

„Uiiih! Ist das spannend!" Karin rieb sich die Hände vor Freude!

„Ja, die Nixen haben jetzt folgendes vor: Sie verbinden sich mit ihren Freunden, den Walen und Delphinen und versuchen jetzt eine Kette entlang des kompletten Golfstromes zu bilden und so mitzuhelfen, die optimale Temperatur der Weltmeere in Balance zu halten."

„Gibt es denn so viele Wale, Delphine und Nixen? Echt cool!"

Die zurückhaltende Claudia meinte: „Der VATER wird's schon richten!"

„So ist es, in der Tat!" Johannes war aufgesprungen.

„Was meint ihr… Unterstützen wir sie dabei?"

Alle bejahten es! Pan erschien wie aus dem Nichts in ihrer Mitte.

„Habe die Ehre!" sagte er und schaute jeden der Freunde an.

„Ich habe folgenden Plan dazu, da ich euch ja nicht erst seit gestern kenne…"

Alle lauschten, was Pan sagte, weitergeleitet durch Johannes Stimme…

ERDHEILUNGSMEDITATION
DER BESONDEREN ART:

„Johannes hat oben in seinem Arbeitszimmer einige Trommeln liegen. Wie ihr ja wisst, sammelt er Musikinstrumente, die ohne Strom gespielt werden und natürlichen Ursprungs sind. Das Didgeridoo darf er selber spielen. Helft bitte mit, die Trommeln zu holen."

Johannes übersetzte alles und dann gingen Tom, Flora, Elsie und Johannes in die obere Etage.

Tom war ganz fasziniert von den vielen Musikinstrumenten neben der Staffelei und den vielen Bildern.

Innerhalb von 10 Minuten waren sie wieder im Wohnzimmer.

Pan meldete sich wieder.

„Ich hab es mir anders überlegt. Wir haben eben eine Krisensitzung gehabt. Johannes soll alles mit seinem portablen Tonstudio aufnehmen. Geht das?"

Johannes nickte und stand auf, um das gute Stück samt Mikrophon zu holen.

Innerhalb von 15 Minuten war alles bereit für die Aufnahme.

Pan erklärte dann wie folgt:

„Hier geht es nicht darum, schön zu spielen, sondern intuitiv vom Herzen heraus. Die Aufnahme stellt dann bitte kostenlos ins Netz, damit es jeder zur Unterstützung gegen die Krise laufen lassen kann…"

Die Aufnahmesession verlief einfach wunderbar!

Jeder spielte auf einer Trommel und Emma bekam eine Art Rassel, die bei jeder Bewegung wie Meeresrauschen klang.

Johannes ließ hin und wieder das Didgeridoo erklingen und benutzte auch eine kleine Trommel.

Die 30 minütige Aufnahme speicherte er sofort als sie geendet hatten und er brannte es dann auf CD.

Dann setzte er es noch auf eine sehr bekannte Seite im Internet, wo man wichtige Dinge teilen konnte und versandte links zum kostenlosen anhören oder Download.

Noch in derselben Nacht wurde das Stück einige tausend Mal angehört oder heruntergeladen mit der Bedingung, es regelmäßig für den Frieden auf der geliebten Erde und gegen die Kriegsgefahr laufen zu lassen.

Pan erklärte den Freunden, was es bedeutet, jetzt so eine Verantwortung zu haben.

„Die Menschen zählen auf euch," sagte er.

„Warum gerade auf uns?" fragte Emma.

„Nicht nur auf euch persönlich, sondern alle Menschen, die jetzt aus tiefer Liebe zu GOTTVATER und der Erde helfen, diese handgemachte Kriegsvorbereitung abzuwenden.

Emma nickte dankbar. Sie hatte das erste Mal getrommelt und es hatte ihr Spaß gemacht!

Flora jubelte auch noch und fragte Pan, ob er nicht auch mitmachen könnte.

Pan sagte, dass er immer dabei sei und die Freunde unterstützt habe.

Johannes gab die Antwort weiter und musste plötzlich schmunzeln…

„Hutzlibub hat auch geholfen, soll ich euch sagen," sagte er lachend.

„Sowieso, ist doch klar," meinte Elsie lachend.

„Der Schelm saß in meinen Haaren und hatte seinen Spaß."

In der Tat waren ihre Haare etwas durcheinander.

„Allgäuer Duranand nennt man das hier," meinte Flora nur grinsend.

Jetzt war ein Lachen zu hören, dass die Sorgen beiseite schob.

Am nächsten Tag war es erneut Pan, der eine musikalische Idee hatte.

„Dein Monochord wird benötigt. Wir brauchen Obertonmusik für die Wale und Delphine zur Motivation. Du kannst ihnen auch eine musikalische Botschaft schicken, Johannes."

Der schaute in Richtung Pan etwas verdutzt drein.

Pan erklärte ihm den Plan: „Du spielst intuitiv auf dem Monochord und die Gruppe betet im Stillen dazu das Vater Unser. Das wird der Hit! Schneide bitte mit, Johannes, ok?"

Innerhalb weniger Minuten war alles aufnahmebereit.

Johannes spielte und die Freunde beteten:

„VATER Unser, der du bist, geheiligt sei dein Name. Dein Wille geschieht wie im Himmel so auf Erden. Unser tägliches Brot gib uns heute und vergib uns unsere Schuld, wie auch wir vergeben unseren Schuldigern. Führe uns in der Versuchung und erlöse uns von dem Übel, denn dein ist das Reich und die Kraft und die Herrlichkeit, in Ewigkeit! Amen, Amen! Amen!"

Danach spiele Johannes weiter und sang im Geiste „Großer Gott wir loben dich" und „Herr deine Liebe ist wie Gras und Ufer".

Dann sagte er noch: VATER, dein Wille geschieht jetzt! Danke! Danke! Danke! Denn Jesus Christus ist Sieger, Jesus Christus ist Sieger, Jesus Christus ist Sieger! Amen, Amen, Amen!"

Die Aufnahme wurde erst einmal allen Freunden vorgespielt. Sie bekamen eine Gänsehaut vor Freude!

Johannes setzte auch dieses Stück zur kostenlosen Verfügung ins Netz mit der Bedingung, es für den Frieden auf der Erde abzuspielen.

EUROPA BRAUCHT WEITER HILFE:

Am Abend saßen sie vor dem Internet und surften herum. Johannes kontaktierte Pan telepathisch. Er ließ auch nicht lange auf sich warten und grüßte freundlich:

„Gott zum Gruß, Johannes. Ich sehe schon, dass ihr im Netz surft. Ich habe auch deine noch nicht gestellte Frage in deinem Hirn gelesen. Die Antwort, warum eure Ortschaft nicht von Migranten betroffen ist, liegt daran, dass ihr von hier ständig positive Energien zur Umwandlung sendet und der Handyempfang miserabel ist."

Johannes antwortete: „Ja schon, aber…"

Weiter kam er nicht.

„Du möchtest wissen, warum trotzdem immer noch soooo viele Migranten kommen, obwohl Italien es nicht mehr erlaubt, dass sie landen, oder?"

„Genau!"

„Die Antwort ist simpel! Die meisten Politiker in Europa müssen das tun, was ihre Strippenzieher sagen, an deren Fäden sie symbolisch hängen…"

„Wann wird dieser Prozess denn zur Umkehr kommen?"

Pan, der bisher in recht normaler Lautstärke mit ihm kommuniziert hatte, sprach plötzlich leiser.

„Wenn ich das wüsste, würde ich es dir sagen, Johannes. Ich hoffe bald…"

Danach war seine Präsenz wieder verschwunden.

Johannes teilte den Freunden die Informationen mit und man sah ihnen an, dass sie dabei gemischte Gefühle hatten...

Da Johannes etwa stündlich jeden Abend die eingehenden Mails checkte, fiel ihm eine besonders auf.

Sie war in russischer Sprache geschrieben.

Keiner der Freunde war des russischen mächtig, so dass Johannes den Text in drei Etappen in ein Übersetzerprogramm im Internet eingab. Die Antwort war beängstigend:

„Liebe Freunde. Hier in Russland Katastrophe viel großes Ausmaß. Moskau sehr, sehr kalt unter Null und Sibirien nicht so kalt wie Moskau... Kannst du machen Golfstrom wieder zum Laufen? Wir helfen mit Gebetsunterstützung. Hier kleine Gemeinde sind und alles gut ist, da Gottvater hilft seinen Kindern. Hoffentlich Brief kommt an. Herzliche Umarmung, Sergej."

„Das Übersetzungsprogramm ist zwar nicht der Hit, aber den Inhalt haben wir verstanden," sagte Tom.

„Wie kommen die an unsere email?" fragte Flora.

„Ich denke, durch den weltweiten Verteiler," antwortete Elsie

„Ja klar, hätte ich ja auch draufkommen können," antwortete Flora und lachte.

Johannes setzte die Kopie unter die russische Mail und packte sie in den deutschen Verteiler. Russland darf nicht erfrieren, schrieb er mit rein.

Dann schickte er die Mail los.

Gemeinsam gingen dann alle ins Gebet, da sich Johannes plötzlich, einer Eingebung folgend, an den Buchtitel eines Werkes von Jakob Lorber erinnerte. Es heißt: „Die geistige Sonne".

Wie wäre es, wenn alle zusammen im Gebet die „geistige Sonne" um Mithilfe baten. GOTTVATER möge sie über Europa scheinen lassen, wenn es erlaubt sei…

Nach dem Gebet hatten alle ein warmes, lichtdurchflutetes Gefühl in sich. War das die „geistige Sonne"?

Jedenfalls fühlte es sich gut an.

UNERWARTETER BESUCH:

Am nächsten Morgen war es zum Glück trocken. Sogar die Sonne versuchte sich durch die dichten Wolken hindurch zu kämpfen, was ihr aber noch nicht gelungen war.

Die Freunde kamen mit ihren beiden Autos gegen 8.30 Uhr zu Johannes und Flora. Der Wohnwagen war wieder auf dem Campingplatz geblieben.

Um 9 Uhr saßen dann alle wieder im Sitzungszimmer zusammen. Dort war zwar nur ein Heizkörper an der Wand und es nicht so kuschelig warm wie im Wohjnzimmer, wo der Kamin stand, aber trotzdem hatte keiner das Gefühl, dass er friert.

Die Freunde saßen um die Energiepyramide herum und hielten ihre Hände in diese Richtung.

Plötzlich veränderte sich spürbar die Luft und auch diejenigen, welche die Aura nicht wahrnehmen konnten, sahen dennoch, dass sich etwas anbahnte.

Die Schwingung oberhalb der Holzpyramide war eine andere geworden!

Die Farbe der Luft, wenn man das so formulieren kann, wurde grünlich.

Einige glaubten ihren Augen nicht zu trauen, aber es war in der Tat so!

Langsam kristallisierte sich schemenhaft eine Form heraus. Die Farbe war mittlerweile Türkis blau mit grün. Eine Farbe, die einen förmlich anzog.

Ein delphinartiges Wesen formte sich vor ihnen aus der Luft.

„Ich grüße euch von Herzen, liebe Freunde des natürlichen Lebens. Ich wurde geschickt, um „Danke" zu sagen für die wundervolle Hilfe und Unterstützung bei der Golfstrom Regulierung mit Temperaturregelung der Weltmeere und der Erdheilung im gesamten Bereich!"

„Könnt ihr den Delphin sehen?" fragte Johannes in die Runde.

Ein Nicken und „Ja" Gemurmel erfolgte.

„Soll ich übersetzen, war er gesagt hat?"

„Nicht nötig, Johannes, ich hab ihn klar und deutlich verstanden."

Elsie hatte dieses mit Freudentränen in den Augen gesagt.

Auch die anderen Freunde bestätigten, dass sie alles verstanden hatten.

Johannes schluckte.

Das war das erste Mal, dass alle Freunde als Gruppe zusammen alles wahrnehmen.

„Das liegt an der hohen Schwingung hier im Raum," sagte das Delphinwesen.

„Und natürlich an der Pyramidenenergie."

„Wie sollen wir dich ansprechen?" fragte Elsie.

„Ich bin Delphinarius, aus der höheren Seelenebene der Delphine und Wale."

„Dürfen wir etwas über euch erfahren? Es ist alles so spannend!“

Emma hatte dieses gesagt und dabei Tränen der Freude und Rührung in den Augen.

„Ich werde euch etwas über unsere Rasse erzählen, damit ihr den globalen Hintergrund erfahrt. Es begab sich zu einer Zeit, als die Erde noch nicht befriedet war und wir als eine Art Hüterwesen hier schon fungierten. Aus Liebe zum Schöpfer, GOTTVATER, gingen wir eine Symbiose mit dem Element Wasser ein und veränderten uns durch Anpassung an den neuen Lebensraum. Nur dort waren wir sicher und konnten trotzdem unserer geliebten Erde helfen.“

„War das schon vor der Sintflut?“ fragte Flora.

„Natürlich,“ lächelte Delphinarius.

„Es gab nicht nur eine Flut, sondern mehrere.“

„Interessant,“ meinte Flora ganz verzückt.

„Lass ihn bitte weitererzählen,“ sagte Elsie.

„Natürlich, Entschuldigung.“

Delphinarius fuhr mit seiner Schilderung fort:

„Das Erwähnen der letzten großen Flut, die ihr Sintflut nennt, ist ebenfalls wichtig, denn wir wussten ja schon lange, dass nur das Element Wasser unsere Rasse vor dem Aussterben auf der Erde retten konnte. Die Verbindung zwischen unserer

Rasse und eurer ist sehr innig, was die liebevollen und spirituellen Menschen angeht. Es gab auch immer wieder wundersame Rettungen von Menschen, die von Walen oder Delphinen gerettet wurden."

„Und dieses Lächeln, ich bin ganz verzückt," sagte Karin und hatte Freudentränen in den Augen.

Delphinarius sah sie an und sagte:

„Auch du warst einmal eine von uns. Du wolltest es kennenlernen. Deshalb hast du auch so eine starke Verbindung zu unserer Rasse."

Es ist jetzt auch nicht wichtig, wo ihr früher lebtet, sondern dass jetzt die Menschheit zusammenhalten und sich gegenseitig unterstützen darf, sonst wird es ein furchtbares Erwachen geben."

„Können wir mit Walen und Delphinen sprechen?" fragte Karin neugierig geworden.

„In der Tat! Das ist so! Aber nicht mit allen Arten! So wie bei den Erdenmenschen gibt es auch unter unserer Rasse schwarze Schafe, die mordlustig und unfair sind. Aber der größte Teil unserer Rasse ist friedliebend und treu und anhänglich."

„So wie Flipper…"

Karin war das herausgerutscht.

„Die Fernsehserie „Flipper" ist ein Phänomen! Durch sie wurde eine Brücke zwischen Delphinen auf der einen Seite und dem inneren Kind auf der anderen Seite geschlagen. Es gab nur sehr wenige Serien wie es „Flipper" war, die Erwachsene und Kinder gleichermaßen beeinflusst hat. Der Grund liegt aber auch in der tiefen inneren seelischen Verbindung zwischen Delphinen und Erdenmenschen."

„Aber... ich möchte kurz auf die dunkle Seite des Menschen kommen..."

Emma rückte ihre Brille zurecht.

„Warum werden so viele Delphine, Wale oder auch Robbenbabys so brutal abgeschlachtet? Was sind das denn für Menschen? Haben die kein Gewissen?"

Delphinarius nickte.

„Es ist in der Tat so, liebe Emma. Die Anhänger von Luzifer, die ihm in die Rebellion gegen GOTTVATER gefolgt sind, haben damals alle Gefühle die mit Nächstenliebe, Freude, Liebe oder Nachsicht zu tun hatten in ein winziges Kämmerlein in ihrem Herzen verdrängt. Aber auch in ihnen ist der göttliche Funken vorhanden. Der VATER hat auch diese Seelen nicht aufgegeben. Irgendwann werden auch sie geläutert werden und ins VATERHAUS zurückkehren, wenn sie der dunklen Macht abgeschworen haben. Aber um deine Frage korrekt zu beantworten, liebe Emma, sie sind ein sehr kriegerisches Volk und viele von ihnen sind heute in China, Japan oder mongolischen Stämmen inkarniert. Schaut euch die wilden Reiterhorden an, die vom Osten kommend fast ganz Europa unterjochten. Solche Seelen haben fast kein Gewissen und schlachten alles für Profit ab! Aber: ich möchte jetzt ganz schnell einflechten, dass wir bitte keine Hassgefühle diesen Seelen gegenüber bekommen dürfen, denn der VATER möchte, dass wir mithelfen, alle Seelen heimzulieben. Das bedeutet, ihnen vorzuleben, was es heißt, ein Kind des VATERS zu sein. Nur durch positive Taten und Mitgefühl und Vergebensarbeit können wir in diesen Seelen einen Funken entzünden, sich zu besinnen, wie es im Anfang war, als Sadhana-Luzifer noch nicht rebelliert hatte."

Delphinarius machte einen Moment Pause.

„Johannes kann euch diesbezüglich alle Fragen erklären und Flora auch. Beide sind auf diesem Gebiet bewandert. Ich möchte euch nur noch sagen, dass heute Abend ein abschließendes Gebet mit den Walen, Delphinen, Nixen und allen anderen Helfern im Golfstrom und überall auf der Erde stattfinden wird. Es ist um 18 Uhr eurer Zeit. So gehabt euch wohl, meine Lieben und ich weiß, dass wir uns dann wiedersehen werden, wenn der VATER es für richtig erklärt. Gott zum Gruß und den Segen des VATERS euch allen. Amen!"

Delphinarius verabschiedete sich und langsam verschwand auch sein Licht und seine Präsenz.
„Wow!" sagte Flora. „Das war beeindruckend!"

Manu war ganz aus dem Häuschen.

Die Freunde unterhielten sich über das eben Geschehene, da klingelte es an der Tür. Flora stand auf und ging zur Haustür.

Eine fröhlich grinsende Sabine stand ihr gegenüber. Sie umarmte Flora und sagte: „Überraschung!"

„Bei uns auch," antwortete Flora. „Komm erst mal rein."

Nach der Begrüßung konnte Sabine nicht mehr an sich halten.

„Stellt euch vor, was mir passiert ist. Ein Delphinwesen sprach mit mir während der Fahrt. Es sah so aus, als säße es vorne auf der Windschutzscheibe, trotzdem konnte ich gut hinaussehen. Was sagt ihr dazu?"

„Bei uns war es auch." Johannes nickte ihr zu. „Echt? Erzählt mal…"

Im Laufe der nächsten halben Stunde spürten die Freunde, dass Delphinarius scheinbar auch bei Sabine im Auto war und ihr ähnliche Details durchgegeben hatte.

Alle spürten, dass es viel mehr Dinge gab, von denen man keinen blassen Schimmer hatte…

Die Meditation am Abend wurde mit Spannung erwartet:

Die Freunde saßen im warmen Wohnzimmer und der Kamin bullerte kräftig vor sich hin.

Pan kam auch pünktlich und so begann alles ganz wundervoll:

Die Nixen hatten Pan gebeten, den „Freunden des natürlichen Lebens" einen großen Dank für ihre mentale und körperliche Unterstützung zu senden und in Bälde würden sie sich persönlich bedanken. Auch die Wale und Delphine bedankten sich noch einmal durch einen einzigen langgesprochenen Satz: „GOTTES LIEBE IN DEN HERZEN ZU SPÜREN IST DAS WAHRE PARADIES AUF ERDEN!"

Die Freunde waren sehr gerührt, als sie das vernahmen.

Doch danach gingen sie in sich und beteten mit den vielen tausend anderen Menschen, die sich weltweit im Gebet zusammen fanden und wo deren Energie in einem bestimmten Teil im Gedächtnis der Erde verankert wurde und dann gezielt zur Heilung für unsere geliebte Erde eingesetzt wurde.

„Geliebte Erde, wunderschönes Wesen," begann Pan, die Johannes simultan wiedergab.

„Es ist kaum in Worte zu kleiden, wie sehr wir dich lieben und alles machen werden, was in unserem Rahmen möglich ist, mit der Liebe und Erlaubnis des VATERS, um dir zu helfen.

Wir verbinden uns jetzt im Geiste und fassen uns an den Händen, so dass wir einen Kreis um die ganze Erde schließen. Stellt es euch vor und visualisiert es jetzt! Es sei!"

Die Gruppe nahm sich jetzt auch bei den Händen und sie schlossen einen kleinen Kreis. Wie im Kleinen, so im Großen…

Die Heilungsenergie floss ununterbrochen zur geliebten Erde!

Einige Minuten später endete der Energiefluss.

„Das war es für den Moment," sagte Johannes.

Die anderen nickten.

„Wunderbar war das! Ich bin ganz entzückt!" sagte Elsie.

Hutzlibub, der kleine Wichtelmann zupfte Johannes am Pullover.

„Was möchtest du denn, Hutzlibub?" fragte Johannes.

Sofort schauten die Freunde auf.

„Ah, Hutzlibub ist da?"

„Ja, er ist da. Moment, er möchte etwas sagen."

Der kleine Wichtel grinste über sein ganzes Gesicht und sagte: „Zugabe der spirituellen Art erwünscht?"

Johannes übersetzte sofort.

„Du bist doch ein Schlingel, aber ein lieber," entfuhr es Manu freudig.

Hutzlibub grinste in ihre Richtung.

„Wir bauen Regenbögen durch den Golfstrom und alle Weltmeere. Da kann man auch viel Wärme dann reinpumpen, bis die optimale Temperatur erreicht ist…"

„Super Idee, Hutzli," rief Johannes.

„Hutzlibub, soviel Zeit muss schon sein," korrigierte er Johannes telepathisch. Johannes nickte und schon erzählte er von dem Plan…

SPIRITUELLE REGENBöGEN WERDEN GEBAUT:

Alle waren voller Euphorie!

Wie man diese Regenbögen baute, wussten ja alle schon und jeder hatte einen schon zu Hause (siehe Bücher von Johannes Allgäuer: „Der Bau des Regenbogens Band 1+2" und „Heilung für Mutter Erde", genaueres am Ende des Buches).

Johannes freute sich! Das würde passen!

Er ging in sich und als er das Gebet beendet hatte, strahlte er!

„Es ist erlaubt! Wir dürfen überall Regenbögen bauen! Und da es pressiert, dürfen wir schon heute oder morgen welche bauen, super gell?"

Alle freuten sich mit ihm.

Das Wetter hatte sich etwas verschlechtert und so mussten die Regenbögen geistig gebaut werden. Johannes hatte auch dafür eine Erlaubnis bekommen und er sortierte schon einmal im Geiste, wie er es zusammen mit Pan und den Naturwesen machen würde.

Pan riet ihm, es über die Mittelalter-Weltkarte, nochmal aus dem Internet ausgedruckt, zu tätigen.

Alle waren einverstanden und hielten sich im Wohnzimmer bereit, um die Situation geistig zu unterstützen und ins Gebet zu gehen.

Johannes und Pan gingen nach oben.

Der kleine Wichtel Hutzlibub hingegen hielt sich schon im Garten auf, um den Kontakt zum eigenen Regenbogen im Garten mental herzustellen und dann über ihn zu reisen, um einen neuen Regenbogen mit der Unterstützung von Pan und Johannes zu erschaffen.

Pan schaute Johannes an. „Bereit?"

Johannes nickte. „Dann lass uns beten, bevor wir beginnen."

Die beiden Freunde verbanden sich im Gebet mit GOTTVATER, allen Helferengeln, den helfenden Naturwesen und natürlich den Walen, Delphinen und auch Neptun, der seinen Teil dazu beitrug.

Johannes konzentrierte sich auf den eigenen Regenbogen im Garten, fixierte ebenso Hutzlibub und dann wurde der erste geistige Regenbogen an den Rand des Golfs von Mexiko gebaut, der ja Namensgeber ist und auch den Ort darstellt, wo der Golfstrom beginnt und dann von dort aus über alle

Weltmeere, inklusive allen großen Gewässern wie der Nordsee, der Ostsee, dem Mittelmeer, dem Schwarzen Meer und so weiter. wie Pan ihm signalisierte. Der erste Regenbogen war schnell gebaut. Nahe des Golfs von Mexiko signalisierte Hutzlibub telepathisch, das er angekommen war. Es hat etwa 3 Sekunden gedauert. Jetzt ging es wie eine Kettenreaktion weiter.

Jetzt drangen sie gemeinsam mental von dort aus in das Wasser der Meere ein und die Regenbögen wurde mitten durch sie hindurch gebaut.

Johannes spürte die freudige Erregung von Hutzlibub, der die ganze Zeit „Jiiiippppiiieeehhh!" sagte. An jeder Biegung, Kurve oder Problemzone weitete sich der Regenbogen derart stark aus, dass er alles was wichtig war, integrierte.

Johannes kam dann die Zeit wie eine Ewigkeit vor, da er vor seinem geistigen Auge alles „live" sah und überwältigt von der Schönheit der Meere und der Farbenpracht, die von den Farben des Regenbogens und der Meere kamen.

Viele Delphine säumten den Weg und signalisierten durch ihre Gestik, dass sie hocherfreut waren.

Als alles beendet war und das Ende des Regenbogens an einem Ort verankert war, der passte, kam Johannes ins Hier und Jetzt zurück.

Er rieb sich die Augen, doch was war das?

Wo war er? Noch im Allgäu? Es sah alles so anders aus.

„Du bist nicht im Allgäu, sondern in meiner Welt," sagte Pan.

„Warum hast du das gemacht?" fragte Johannes und schaute sich um.

„Nun, diesen Teil unseres Reiches kennst du noch nicht und du darfst deinen Freunden davon erzählen, wenn du magst."

Johannes schaute sich um. Alles grünte und blühte, doch nicht so wie auf Erden. Von allem, was dort zu sehen war, ging ein Lichtschimmer, eine Art lichtdurchflutete Aura aus. Ja, das war am ehesten der Ausdruck, der es richtig deutete.

„Gefällt es dir, mein Freund?" fragte Pan.

„Ich bin schier überwältigt! Mir fehlen die Worte."

„Siehst du, so sehen wir eure Pflanzen und auch euch Menschen und Tiere."

„So seht ihr uns?" fragte Johannes leicht verblüfft.

„In der Tat. So ist es!"

„Dann zeig mir doch bitte, wie die Meere aus dieser Perspektive aussehen."

Pan nickte. Dann änderte sich die Realität, die Johannes zu sehen meinte und alles floss ineinander und ein anderes Szenario entstand vor seinen Augen.

Zuerst sah er eine waldreiche Gegend. Dort lebten Menschen inmitten der Natur. Johannes sah ihre Auren und spürte, die Friedfertigkeit.

„Das ist in Kanada. Hier leben spirituelle Menschen im Einklang mit der Natur."

Die Szenerie änderte sich. „Jetzt wurde ihm eine Großstadt gezeigt.

„Schau genau hin und merke dir, was du siehst. Das ist Paris. Dort ist der Eiffelturm, siehst du?"

Johannes nickte. Der Eiffelturm hatte viel traurige und dunkle Energien an sich kleben.

„Das sind die Energien der Menschen, die beim Bau unmenschlich hart schuften mussten und auch viele Emotionen bis hin zum Suizid sind dort gespeichert. Schau jetzt auf den Pere la Chaise, den berühmten Friedhof."

Johannes schaute genauer hin und ein Grab viel ihm besonders auf. Dort pilgerten täglich hunderte von Fans hin. Jim Morrison war dort begraben, der berühmte Sänger der Rockgruppe „The Doors".

„Was geht denn da ab?" fragte Johannes.

„Schau genau hin, wie weit Abhängigkeit gehen kann. Kultverehrung und Idolanhänglichkeit ist eher ein Fluch als ein Segen."

Das Grab saugte den Fans Lebensenergie aus. Ein Sog war zu sehen. „Macht das Jim Morrison?" fragte Johannes.

„Nein, natürlich nicht. Dort sind dunkle Kräfte am Werk, die die Popularität des verstorbenen Rockstars ausnutzen."

„Verstehe," sagte Johannes.

„Du warst doch auch Anfang der 80er Jahre in Paris und auch auf dem Pere la Chaise und hast aus Neugier auch das Grab von Morrison besucht."

„Woher weißt du das?" fragte Johannes, leicht irritiert.

„Glaubst du, vor mir etwas verbergen zu können?"

„Ich verberge ja gar nichts, nur hab ich das in deiner Gegenwart nie gesagt."

„Das nicht, aber ich habe es gerade eben gespürt, wo du den Friedhof ansahst."

„Verstehe. Aber ich habe mir den ganzen Friedhof angesehen und nach Promis geschaut, die dort liegen."

„Stimmt, das hast du und du bist nicht wegen Morrison dort hingegangen, deshalb konnten dir die Energien dort auch nichts anhaben."

„Aha, sehr interessant!" Die Szenerie änderte sich wieder.

„Oh, das ist ja unser gesamtes Allgäu," freute sich Johannes.

„Ja und da vorne ist euer Grundstück."

„Uiiih!" rief Johannes.

„Der Regenbogen leuchtet aber schön! Und wie viele Naturwesen da rumspringen! Ich bin ganz überrascht!"

Pan lächelte. „Sie sind alle da, um dir jetzt zu winken und uns freudig zu begrüßen, da ich ihnen sagte, dass wir diese Reise jetzt machen und jetzt schau euer Grundstück von weiter oben an."

Es ging wie mit einem Lift nach oben.

Der ganze Ort hatte eine leichte Aura um sich, doch das Grundstück von Flora und Johannes leuchtete ganz intensiv und strahlendhell.

„Ist unser Grundstück immer so auffällig?" lachte Johannes.

„Nein, nicht ganz so extrem. Es liegt für andere Sichtige eine Art Schleier drüber wie ein Schutzschild, damit es immer gut behütet ist."

„Verstehe! Gibt es viele Grundstücke weltweit, die so sind wie unseres?"

„Aber natürlich! Dachtest du, ihr seid Einzigartig, was hohe Energie betrifft?"

„Da hast mich falsch verstanden, Pan. Ich meinte das anders."

Pan nickte. Er hatte Johannes jetzt verstanden.

„Solche Lichtoasen, wie ihr sie habt, gibt es schon sehr viele auf der Welt, aber die meisten prozentual zur Größe liegen im Allgäu."

Pan veränderte wieder die Szenerie und jetzt sah man die Erde aus der Vogelperspektive und überall waren Regenbögen, die die ganze Erde bedeckten.

Sie leuchtete schöner als es je ein Weihnachtsbaum in den Kinderaugen und –herzen machen könnte.

Das ist die Erde, wie sie aus spiritueller und geistiger Sicht jetzt existiert und das..."

Es veränderte sich wieder die Ansicht.

„ist die neue gereinigte Erde."

Johannes rieb sich die Augen. Alles leuchtete, funkelte und strahlte in einem hellen Licht, was aber den Augen nicht weh tat!

Es sah wie in einem Märchen aus!

„Jetzt gehen wir wieder zurück in euer Haus."

„Schade..." sagte Johannes.

„Gräm dich nicht, mein Freund. Es kommt alles auf euch zu...in Bälde."

Dann war Pan verschwunden und Johannes stand allein vor der Mittelalter-Weltkarte.

Er setzte sich und ging alles noch einmal vor seinem geistigen Auge durch und dann die Treppen hinunter zu den wartenden Freunden, die sich schon mit Spannung auf seinen Bericht freuten!

Dass die Auswirkungen im Großen auch irgendwann im Kleinen ankamen, durfte Johannes noch geduldig ertragen.

HEILUNG GESCHIEHT ZUR RICHTIGEN ZEIT:

Manu kam ins Esszimmer, wo Johannes am Computer saß.

„Stell dir vor, Johannes. Ich habe gerade ferngesehen. Überall in Europa gibt es jetzt schon Engpässe. Nach so kurzer Zeit!"

„Was für Engpässe meinst du denn, Manu?" fragte er sie.

„Na, überall halt." Dann ging sie hinaus.

Kurz danach kam Flora ins Zimmer.

„Schatzi, ich hab eben im Radio Nachrichten gehört. Echt klasse, dass unser Survival Radio mit Drehkurbel funktioniert. Chris und ich haben es eben testweise ausprobiert. Ach ja: Die sagten, es gäbe Engpässe überall…"

„Das hat mir Manu auch eben gesagt, kam im Fernsehen."

„Ah so. Und was machen wir jetzt?"

„Ich frage nach, lass mich mal ein paar Minuten alleine, ok?"

Flora lächelte und verließ den Raum. Sie kannte ihren Johannes nur zu gut. Es würde ihm schon etwas einfallen…

Johannes bat Pan sich zu melden.

„Hier bin ich, mein Freund," sagte er.

Johannes war erleichtert. „Hast du eine Idee, Pan?" fragte er.

Dieser schüttelte den Kopf.

„Ich habe eine wage Idee…"

„Nur heraus damit," sagte jetzt Pan.

Johannes begann zu erzählen: „Also, es ist ja nun mal so… Es funktioniert ja alles im Kleinen wie im Großen, deshalb hab ich mir gedacht, wenn man die Menschen in Afrika mit allem versorgen würde, was sie brauchen, hätten sie nicht mehr das Bedürfnis nach Europa, genauer Deutschland zu kommen. Vorortversorgung ist bestimmt billiger als hier Milliarden von Teuros zu investieren."

„Schön und gut, Johannes. Aber wie soll das gehen mit der wenn fast alle Politiker dagegen sind."

Johannes lächelte liebevoll.

„Es ist so ne Eulenspiegelsche Tüftelei, die mir da im Kopf rumspinnt. Ich könnte mir vorstellen, dass es klappt."

„Dann lass mal hören, mein Lieber."

Pan hatte sich mittlerweile manifestiert und setzte sich auf einen Stuhl.

„Wir müssten es nicht nur den afrikanischen Menschen schmackhaft machen, sondern auch die vielen Gutmenschen quasi dazu kriegen, diesen Plan, denn das ist er und zwar ein guter, gut zu heißen und wenn täglich Millionen Menschen in ganz Europa dafür auf die Straße gehen, müssen die Dunklen schließlich nachgeben."

„Warum drückst du dich denn derart kompliziert aus?" fragte Pan.

„Hast du mich verstanden oder nicht?"

„Sicher hab ich dich verstanden. So ne Art Eigenblutbehandlung im weitesten Sinne des Wortes."

„Naja, aber nur im sehr weiten Sinne," grinste Johannes.

„Ich sag dir ein Beispiel. Wenn jetzt in Afrika damit angefangen wird, den Afrikanern dort ein lebenswürdiges Leben zu geben, so dass sie nicht mehr in Armut, sondern in bescheidenem Wohlstand leben könnten, gäbe es keinen Grund mehr, nach Europa, speziell Deutschland oder Schweden zu kommen. Verstehst du?"

„Ein Versuch ist es auf alle Fälle wert," meinte Pan.

„Ja, finde ich auch und die geistige Welt meinte, es kostet weniger Geld, als wir jetzt zahlen müssen. Alle könnten wieder heim und wir könnten wieder unser altes, gewohntes Leben aufnehmen."

„Ich probiere es mal mit einem Test, Pan."

Dieser nickte. Johannes ergriff er den vorbereiteten Atlas mit der Afrika Karte und stellte den Orgonstrahler davor.

„Geliebter VATER," sagte Johannes, „bitte informiere diesen Kontinent Afrika hier mit deiner Energie, die mithilft, Wärme, Licht, Frieden und Heilung in die einzelnen Länder von Afrika und den mittleren Osten zu bekommen, damit die Menschen zuhause bleiben und nicht mehr nach Europa möchten, da sie hier ein Auskommen haben können. Dein Wille geschieht jetzt! Amen, Amen, Amen!"

Johannes und Pan spürten, wie aus dem Orgonstrahler eine golden glänzende Energie heraus strahlte und in den Erdteil Afrika auf der Karte floss. Als das Licht verebbte, nahm die Karte Johannes in die Hand. Sie war aufgeladen mit reinem Licht.

„Danke, geliebter VATER," sagte Johannes und verneigte sich leicht.

Auch Pan verneigte sich in Ehrfurcht.

Jetzt nahm Johannes die Karte und den Orgonstrahler und ging in das Zimmer, indem der große Orgonstrahler „Michael" stand und permanent positive Energien auf das Firmament der Erde strahlte.

Johannes legte die Afrika-Karte auf den großen Orgonstrahler „Michael". Johannes bat jetzt im Geiste, dass diese positive Energie aus der Afrika-Karte mittels Orgonstrahler die gesamte Erde mit dieser positiven Energie der Energetisierung Afrikas, mit dem Ziel, dass alle Migranten zurückkehrten und dort friedlich miteinander lebten, einstrahlt, in dem Maße alle Menschen dort versorgen zu können, wie es GOTTVATER erlaubt.

Ein gewaltiger Lichtstrahl drang aus dem Orgonstrahler in das Firmament, also den Schutz, der Erde ein

Flora, die gerade die Treppe heraufkam, sah das helle gleißende Licht aus dem Orgonstrahler kommen.

„Was ist denn das?" fragte sie.

Johannes beantwortete die Frage in Kurzform und meinte zu Elsie, die auch gerade die Treppe hochkam.

„Kennst du jemanden in Afrika?"

„Leider nein".

„Ok, wir gehen jetzt ins Internet und schauen, ob es schon Reaktionen gibt."

Bevor sie antworten konnte, war er schon wieder die Treppe runter und saß am Computer.

Die Leidenschaft des Augenblicks hatte ihn erfasst.

„Ich weiß ja nicht, was du gemacht hast, Johannes, aber es wollen plötzlich Afrikaner in ihrer Heimat bleiben," meinte Tom, der mit seinem Laptop schon länger am Surfen war. „Es spricht sich wie ein Lauffeuer herum. Europa will vor Ort eine Gesellschaft aufbauen, die den Einwohnern hilft, in ihrem Land bleiben zu können."

„Hey, Pan! Hast du das gehört, mein Freund?" Es Klappt! Jipppieh!"

„Gut gemacht, ihr lieben Helferlein nah und fern," sagte er und lief die Treppen hinauf.

Oben kramte er in einer Kiste, in der allerlei Utensilien waren.

Wenn Johannes in seinem Element war, durfte man ihn nicht stören.

Das Problem mit den Migranten wurde auch gelöst. Jedes Land in Europa, welches zu viel Migranten hatte, sollte sich beteiligen. Multi-Milliardäre aus der ganzen Welt vereinigten sich unter einer Führung, die anonym bleiben wollte und die nötigen Gelder wurden in kürzester Zeit beschafft. Man gab den Migranten die Wahl, entweder nach Hause zu gehen und dort alles zu haben, was gebraucht würde für ein menschliches Leben oder aber der totale Entzug der Gelder für alle diejenigen, die nicht gehen wollten.

!"Was ist, wenn es dadurch einen Bürgerkrieg gibt?" fragte Elsie besorgt.

„Das ist schon möglich, aber ein Großteil der Migranten möchte angenehm da wohnen, wo es ihnen gefällt und wenn sie eine ähnliche Versorgung wie in Deutschland bekommen, möchten sie doch lieber wieder heim," philosophierte Johannes.

„Dein Wort in Gottes Ohr," sinnierte Tom. Johannes nickte und bat die Freunde zum Gebet.

Gemeinsam sprachen sie folgendes Gebet, dass Johannes vorsprach und sie dann wiederholten.

„Geliebter VATER, wir bitten Dich innig, dass Du uns hilfst, dass jetzt in Afrika und im nahen bzw. mittleren Osten eine Befriedung vonstattengeht und die Menschen wieder aus Europa zurück in ihre Heimat gehen und dort in Frieden und vor allem versorgt leben können. Deine Millionen Schutz- und Helferengel mögen dafür sorgen, dass über unsere Gebete und Lichtsendungen unsere Wünsche, Bitten, guten Taten, Gebete und Lichtsendungen so geleitet werden, dass dieses Wunder geschehen möge. Dein Wille geschieht jetzt, geliebter VATER. Denn JESUS CHRISTUS IST SIEGER! JESUS CHRISTUS IST SIEGER! JESUS CHRISTUS IST DER SIEGER! Amen. Amen. Amen."

„Wird es wirklich klappen?" fragte Manu.

„Das werden die nächsten Tage zeigen," antwortete Johannes.

„Am schwierigsten wird es sein, den Rücktransport zügig zu absolvieren."

„Inwiefern?" Tom war neugierig geworden.

„Naja, es ist so eine andere Mentalität..."

„Deutschland?" alberte Tom herum und grinste.

„Nein, die Moslems und Afrikaner," sagte Johannes und alberte zurück.

„Kommt, wir schauen uns mal Webcams an!"

Johannes lachte in die Runde.

„Da ist es doch jetzt total dunkel in Afrika, da siehste doch gar nichts, Johannes," meinte Tom.

„Schaun mer mal, viele sind beleuchtet. Sonst webcams aus Deutschland."

Wenige Minuten später war die erste Webcam in Deutschland gefunden, die beleuchtet war. Sie zeigte die Münchener Innenstadt und viele Afrikaner mit Rücksäcken, die in große Busse einstiegen.

„Mei, in Minga, do sans guat drauf, host mi Buar," alberte Johannes rum, als Tom schaute.

Die Kamera zeigte tausende von friedlichen Afrikanern.

„Da legst di nieder" war Toms Antwort und beide mussten lachen.

Jetzt war es aber höchste Zeit, zum Campingplatz zu fahren. Die Freunde gönnten sich dort noch eine heiße Dusche und dann ging es ins Land der Träume.

Johannes, Flora und die beiden Kinder schliefen in dieser Nacht auch besonders gut.

Was wirklich in dieser Nacht alles geschah, bekamen sie erst am nächsten Morgen mit…

Alles war irgendwie anders…

Der Morgen zeigte eine sonnendurchflutete Stimmung, als Flora im Wohnzimmer das Rollo heraufgezogen hatte.

Die Freunde trudelten gen 9 Uhr morgens ein. Plötzlich standen drei Zwerge ins Zimmer. Adalbert und Bertelbart, die ja mit im Haus wohnten und der neue Freund Helmbert und auf seiner linken Schulter saß eine kleine Elfe und auf der rechten Schulter Hutzlibub.

„Oh, hoher Besuch," sagte Johannes spaß halber.

Hutzlibub sprang von der Schulter des Zwerges in die geöffneten Hände von Johannes, der das schon kannte von seinem kleinen Freund.

„Wir dürfen jetzt etwas zum Besten geben, ihr lieben Freunde," sagte der Wichtelmann.

„Wir sind ganz Ohr," meinte Johannes.

Hutzlibub erzählte und Johannes gab es dann den Freunden wieder.

„Die wundervollen Regenbögen durch die Weltmeere zusammen mit den Licht- und Wärmesendungen in den ganzen Ländern hat bewirkt, dass der Golfstrom wieder normal arbeitet, äh besser gesagt fließt und die Meere wieder eine normale Durchschnittstemperatur haben."

„Ist das sicher?" fragte Tom. Hutzlibub nickte.

„Ja klar! Meinst du, ich bind dir nen Bären auf? Der wär mir doch viel zu schwer…"

Hutzlibub lachte über seinen eigenen Witz.

Auch die Freunde schmunzelten.

Adalbert meldete sich jetzt zu Wort.

Johannes nickte und sagte, dass Adalbert etwas sagen möchte.

Der Zwerg lächelte und begann zu sprechen. Seine ruhige langsamere Art war so total verschieden zu dem schnellen, witzigen Gehabe des Wichtelmannes, den alle in ihr Herz geschlossen hatten. Die ruhige, besonnene Art des Zwerges war ein wunderbarer Kontrast zum flippigen Wichtel.

„Hört, meine Freunde," begann er zu sagen.

„Ich darf euch mitteilen, dass jeder von euch eine kostenlose Reise ins Reich der Naturwesen bekommt, wenn er bzw. sie es auch mit dem Herzen möchte."

Es gab ein freudiges Gemurmel und Adalbert wartete gelassen ab, bevor er weitersprach.

„Unsere geliebte Erde liebt jeden von euch von Herzen und auch alle Menschen, die mithelfen Gutes für sie zu tun."

Ein einstimmiges Nicken folgte.

„Stellt euch vor, ihr hättet drei Wünsche frei, die nicht ego- und eigennützig genutzt werden dürften, sondern zum Wohle der Erde. Was für Wünsche wären das? Schreibt es bitte jeder auf einen Zettel auf und dann, wenn ihr fertig seid, werden wir es ins Gedächtnis der Erde senden. Das ist das Geschenk, dass ihr vom VATER bekommt für eure wunderbare Hilfe!"

Die Freunde schauten sich an. Dann stand Flora auf und holte viele Blätter weißes Papier...

Sie begannen nach und nach verschiedene Dinge auf ihren Zettel zu schreiben. Dann wurde wieder etwas gestrichen, etwas hinzugefügt, wieder ausgebessert...

Es war gar nicht so einfach, so etwas zu tätigen...

Nach etwa einer Stunde hatten alle ihre Wünsche auf dem Zettel soweit passend formuliert, dass sie bereit waren, sie abzugeben an Johannes, der sie in der Hand hielt und Adalbert rief.

Er kam ins Zimmer und wurde freudig begrüßt.

Die Temperatur im Wohnzimmer stieg plötzlich fühlbar an.

Eine Hundertschar von Engeln war im Raume anwesend, um den Dingen, die jetzt kommen würden, zu lauschen...

HEILUNG FÜR

UNSERE GELIEBTE ERDE:

Alles färbte sich in ein wundervolles Licht und die Freunde konnten es gut aushalten.

Nichts blendete oder störte. Johannes verlas die Wünsche, die auf den Zetteln standen.

Da heute alle anwesend waren und auch Sabine hergeführt worden war, hielt Johannes jetzt neun Zettel in der Hand.

„Alle Menschen sollen in Frieden und Harmonie mit allen Lebensformen auf Erden zusammenleben"

„Heilung geschieht jetzt auf allen Ebenen"

„Das Herz und die Seele sind immer mit
GOTTVATER verbunden – in LIEBE"

„Sieg der neuen Erde"

„Sieg dem Licht"

„Sieg der ewigen Liebe"

„Jesus Christus ist Sieger"

„Mögen alle Naturwesen und Engel mit den
Menschen, Tieren und Pflanzen in trauter
Verbundenheit und Innigkeit zusammenleben"

„Überall auf Erden werden Häuser stehen, wo
Menschen friedlich und im Einklang mit der Natur
zusammenleben"

„Die Erde ist jetzt frei von Krankheiten, Krieg, Leid
und Stress"

„Die neue Erde ist ein Paradies durchflutet mit der
nimmer endenden Liebe von GOTTVATER zu
seinen Geschöpfen"

„Ewige Gesundheit in paradiesischer Wärme überall
auf Erden"

„Alle Menschen werden sich vegan oder
vegetarisch ernähren"

„Es gibt keine Herrschaft mehr. Alle sind gleichberechtigt"

„Alle Menschen können mit Tieren, Pflanzen, Naturwesen, Engeln und GOTTVATER kommunizieren"

„Kristalle sind unsere Freunde, die uns helfen"

„Kontakt zu allen Lebensformen, die uns wohlwollend gesonnen sind"

„Jeder Mensch erlernt die Telepathie und nutzt sie nur zu positiven Dingen"

„Der Löwe liegt friedlich neben dem Lamm"

„Wir schaffen es, alle alten Muster, Blockaden, Prägungen und Altlasten loszulassen und frei von ihnen zu leben"

„Auflösen und umwandeln aller Flüche, Eide, Versprechen, Gelöbnisse, Verwünschungen, Neid, Hass, Wut, Minderwertigkeits-komplexe, Qualen und derlei ähnliche geartete Konstrukte, die schwer auf den Seelen lagen und über viele Inkarnationen mitgeschleppt wurden"

„Auflösung von sämtlichem Fanatismus jeglicher Art"

„Geliebter VATER, dein Wille geschieht jetzt!"

„Kinder kommen über die Verbindung der Herzstrahlen auf die Erde mit dem vollen Bewusstsein"

„Jeder arbeitet nur noch aus Freude und zum Wohle aller"

„Das Wasser ist rein wie im Paradies und schmeckt süßer als die lieblichste Frucht"

„Jede Lebensform spürt die dauerhafte, von reinster Liebe geprägte Präsenz, von GOTTVATER auf Erden"

Johannes hatte die 27 Botschaften vorgelesen.

Nicht eine war dabei, die selbstsüchtig oder vom Ego gesteuert war, sondern alle nur zum Wohle der neuen Erde und ihrer Bewohner.

Die Freunde spürten nicht nur die Energie der Engel, sondern GOTTVATER war jetzt spürbar bei jedem einzelnen Menschen.

Die Herzen schienen vor lauter Liebesenergie nur noch zu frohlocken und freudig „HALLELUJAH" zu singen!

ENDE

ERDHEILUNGSüBUNGEN:

Ich wurde immer gefragt, was man alles für die Erde machen kann und wie es in der Realität ausführbar ist.

Deshalb sagte mir die geistige Welt, das ich im Anschluss an mein neues Buch einige Ratschläge diesbezüglich geben sollte:

Nun, wie man einen spirituellen Regenbogen baut, über den die Naturwesen nach Herzenslust reisen können, steht ausführlich in den drei Büchern „Der Bau des Regenbogens 1+2" und „Heilung für Mutter Erde" beschrieben.

Doch ich möchte euch erweiternd sagen, was alles passieren kann, wenn man einen spirituellen Regenbogen im Garten hat.

Chemtrails können sich nicht mehr lange halten und werden aufgelöst, Pflanzen und Bäume gedeihen besser und auch die Tierwelt (nicht nur Vögel und Insekten) verändern sich zum positiven hin. Obst und Gemüse erlebt einen Aufschwung und auch der Schutz für das Grundstück erhöht sich.

Ihr fragt jetzt vielleicht: Wie kommt das alles? Nun, die Naturwesen können über den Regenbogen ein- und ausgehen und er arbeitet zudem noch wie ein starker Kraftplatz.

Wie führen wir und unsere Freunde solche Erdheilungsmeditationen aus? Es wird sehr viel mit Steinen gearbeitet.

Solltet ihr in der glücklichen Lage sein und eine Wiese oder einen anderen Platz haben, auf dem ihr ein Symbol aus Steinen legen könnt, dann probiert es einmal aus!

Wir bevorzugen Bergkristallstücke zu nehmen, weil wir vor einigen Jahren einmal einen großen Beutel voll mit Bergkristallen im Baumarkt kauften. Er rief mich schon von weitem und die Steine wollten aus dem Plastiksack erlöst werden.

Eine wunderbare Möglichkeit ist es, eine geistige Sonne zu legen und das geht wie folgt: (Statt Bergkristallen könnt ihr jeden Stein nehmen, der euch gefällt)

Ihr solltet die Zahl des Steinkreises, der die geistige Sonne symbolisieren sollte immer durch neun teilbar machen, also 9, 18, 27, 36, 45, 54 usw. Steine nehmen. Der Kreis muss auch nicht ganz gerade sein, vertraut da auf euer Herz.

Jetzt kommen die Strahlen dran. Ich nehme logischerweise auch immer neun Strahlen aus jeweils neun Steinen. Auch hier ist künstlerische Freiheit erlaubt.

Danach segne ich alle Steine im Namen des VATERS. Ich bitte GOTTVATER darum, dass er ihn energetisiert und zwar im Rahmen dessen, was der VATER für richtig hält. So greife ich nie in den Liebes- und Erlöserplan vom VATER ein.

Andere Steinkreise die ich gerne lege sind Spiralen. Da gibt es die rechtsdrehende und die linksdrehende Spirale oder was ich noch besser finde, die Doppelspirale. Auch hier achte ich genau darauf, dass es immer Neunerschwingungen sind, als die Gesamtzahl der Steine durch neun teilbar ist.

Jede Spirale energetisiere ich wie eben erklärt.

Auf das Thema Chembuster möchte ich hier nicht allzu tief eingehen, nur soweit: Kristalle mögen es nicht, eingegossen zu werden. Energierohre kann man ganz einfach selber bauen und sie helfen bei der Erdheilung mit:

Ihr besorgt euch ein Rohr, das ihr befüllen könnt.

Quarzsand, Kristalle verschiedenster Art (Schungit, Zeolith und schwarzer Turmalin sind da die stärksten, habe ich festgestellt), Kerzenwachs, einen durchsichtigen Kunststoffbeutel und ein dickes Gummiband.

Jetzt wird zuerst das Rohr an der Stelle in den Garten gesetzt (ohne Beton etc.) nur die sanften Schläge von Hammer und Holz oder durch Eingraben. Wenn es stabil ist, wird zuerst Quarzsand eingefüllt und dann immer abwechselnd Edelsteine, je nach Gefühl immer wieder mit Quarz Sand dazwischen. Falls das Rohr im Lehmboden steckt ist es gut, falls nicht, sollte auch eine Handvoll Lehm (für die spirituelle Erdung) mit ins Rohr gegeben werden. Etwa 5 cm Platz lassen und alles mit Kerzenwachs füllen. Diesen abkühlen lassen und einen Bergkristall Ender mit der Spitze nach oben so in den Kerzen wachs geben, das er hält und trotzdem mit der Oberkante des Rohres abschließt. Dann noch etwas Quarzsand auf den erkalteten Wachs geben. Als Schutz gegen Regen und Schnee noch den Kunststoffbeutel über das Rohr geben und mit dem starken Gummiband befestigen.

Jetzt kommt die Energetisierung: Sie erfolgt wie oben beschrieben. Der Erdheilungspfeiler, denn nichts anderes ist es, beginnt jetzt ein feinstoffliches Feld aufzubauen. Wer einen baut, wird überwältigt, was alles an positiven Dingen geschieht. Elektrosmog, Wasseradern und Störzonen sind dadurch lenkbar und lassen sich umändern und zwar in der Weise, dass sie dorthin gehen, wo der richtige Platz für sie ist. Der Erdheilungspfeiler greift aber nicht in den freien Willen von Menschen ein!

Wer von euch ein Grillplatz im Garten hat oder auch einen tragbaren Grill hat, der kann um diesen Platz auch einen Steinkreis legen (Neuner Zahl). Dadurch entsteht ein kleines Energiefeld, das schützt und energetisiert.

Durch das wiederholte Sprechen von: Heilung geschieht jetzt – für unsere geliebte Erde, sendet ihr der Erde auch jedes Mal Heilungsenergien.

Nehmt euch eine flache Karte der Erde, idealerweise aus dem Mittelalter und stellt eine Glasschale als Kuppel oder Firmament darüber. Haltet dort, wo ihr es für richtig haltet, eure Hände darüber und bittet GOTTVATER, dort Erdheilung geschehen zu lassen.

Geht zu den Bächen, Flüssen, Seen und Meeren und gebt dort jeweils etwa eine Handvoll Quarzsand hinein, den ihr folgendermaßen energetisiert und aufgeladen habt über das Gebet: „**Geliebter VATER, ich bitte dich jetzt, diesen Quarzsand hier mit der Heilungs- und Umwandlungsenergie aufzuladen, die unsere geliebte Erde jetzt braucht. Danke, danke, danke geliebter Vater. Dein Wille geschieht jetzt! Denn Jesus Christus ist Sieger, Jesus Christus ist Sieger, Jesus Christus ist der Sieger! Amen, Amen, Amen!**"

Ihr braucht jetzt nur einmal eure Hand über dieses kleine Gebet halten, das ihr gerade gelesen habt. Selbst hier im Buch ist es so stark, dass es warm in euren Händen wird oder gar angenehm kribbelt.

Wen ihr eure Hunde, Katzen, Pferde, Vögel, Igel oder sonstige Tiere füttert, so bittet um den Segen des VATERS für die Speise. Das gleiche könnt ihr mit dem Wasser machen, das ihr zum Blumen gießen oder für eure Tiere nehmt.

Ihr werdet euch wundern, was dann alles im positiven Sinne geschehen kann...

Seid euch bewusst, dass jede positive Handlung, ja jeder positive Gedanke der Erdheilung unserer Erde hilft!

Sie bedankt sich bei euch auf vielfältige Weise bei euch!

Ist euer Grundstück schon einmal vom Unwetter das angekündigt war, verschont geblieben? Habt ihr eine besonders reichhaltige Obst- und Gemüseernte gehabt? Wachsen bei euch außergewöhnliche schöne Blumen? Ist der Rasen einfacher zu mähen und strahlt er einen wunderbaren Glanz aus? Zwitschern die Vögel im Garten jetzt besonders schön? All das kann passieren, als Resonanz für euer Bemühen und eure Liebe, die tief aus dem Herzen kommt.

Unsere geliebte Erde verbindet sich mit allem, was auf ihr lebt und kann so für Überraschungen oder auch Wunder sorgen.

Vertraut stets eurem Herzen und seid in allem immer mit der Liebe des VATERS verbunden und tragt ihn als erster Stelle im Herzen! Je mehr Menschen an den Erdheilungen teilnehmen, je schneller wird die neue, gereinigte Erde Realität werden!

Lacht viel, lebt angstfrei und voller Freude aus dem Herzen und der Seele heraus! Das ist die einfachste Form der Erdheilung, denn alles, was auf Erden passiert, wird abgespeichert. Das Gedächtnis der Erde, ist ein gigantisch großes Gedächtnis, das wie ein riesiger Computerspeicher alles aufzeichnet und speichert, was jemals auf Erden geschah und geschieht. Und in diesem riesigen Feld gibt es für alle Aktivitäten der Erdheilung bestimmte Bereiche. Dort kann jeder Mensch bewusst oder unbewusst von Herzen Zugang bekommen, um an der Erdheilungssendung teilzunehmen oder etwas, von Herzen kommend, dort zur Erdheilung hinzuzufügen. Wer sich mit Erdheilung beschäftigt, bekommt ein neues Denken. Ihr werdet feinfühliger in allem, was ihr tut. Ihr trennt euren Müll beispielsweise bewusster, kauft anders ein, ernährt euch vegetarisch oder vegan, kauft mehr Bio Lebensmittel, lasst Verpackungen beispielsweise gleich im Laden in den dafür bereitstehenden Behältern oder kauft gleich beim Biobauern eurer Wahl bei euch zuhause.

Ihr trinkt mehr Wasser und spürt, wie dieses euren Körper reinigt. In fast jedem meiner Bücher kommt das Thema Erdheilung vor und auch viele Ratschläge und Tipps, so dass ich aufpassen möchte, um nicht alles doppelt zu erzählen, jedoch sagt mir gerade Hutzlibub, dass das schon so ok ist, da ja nicht jeder, der dieses Buch hier liest, alle meine anderen Bücher auch kennt…

Alles geschieht immer im Großen wie im Kleinen. Im feinstofflichen Bereich ist es so, dass alles gleichzeitig geschieht. Im Grobstofflichen dauert es immer eine Zeit, doch dieser Abstand wird immer geringer, je feinstofflicher und transparenter die Energie auf der Erde wird.

Hutzlibub lacht gerade und sagt, ich wäre ein Lehrer und zwar einer, der die Menschen immer liebevoll an so viele Dinge erinnert, die sie zwar tief in der Seele und dem Herzen wissen, aber leider zu tief vergraben haben.

Gut, Hutzlibub, dann spielen wir nicht Goldgräber sondern Seelengräber oder Herzensgräber und befreien die Seelen und Herzen von all dem, was sie belastet und beschmutzt.

Das geht aber nur durch loslassen und befreien von allen alten Lasten, Sorgen, Problemen und dergleichen…

Na, spürt ihr die Steine, die geplumpst sind? Ich höre sie beinahe jetzt schon im Vorfeld…

Hutzlibub schmunzelt und Flora lächelt…

Jetzt kommt noch ein wunderschöner Abschluss für dieses Buch, während die Sonne scheint und wir sind alle friedlich und liebevoll mit GOTTVATER verbunden!

Wer einmal die Energien der Mitwirkenden spüren
möchte, kann das hier tun:

Ihr braucht einfach nur euren linken oder rechten
Zeigefinger auf das fettgedruckte Wort halten.

HUTZLIBUB

PAN

ADALBERT

BERTELBART

HELMBERT

UNSERE GELIEBTE ERDE

NIXEN

WALE

DELPHINE

DELPHINARIUS

„MOLDI" – der große MOLDAVIT

„HARALD" – der große schwarze Turmalin

Gehabt euch wohl und GOTTES SEGEN, wünscht euch

Euer Johannes

Meine Bücher sind erschienen bei:

www.bod.de

Einfach meinen Namen

JOHANNES ALLGÄUER eingeben im Suchfeld und schon könnt ihr dort alle meine Bücher sehen und bestellen, wenn ihr möchtet.